Doyles Radfahrer
von Richard Bercanay

Bibliographische Information der Deutschen Nationalbibliothek:

Die Deutsche Nationalbibliothek verzeichnet diese Publikation in der Deutschen Nationalbibliographie; detaillierte bibliographische Daten sind im Internet über <http://dnb.d-nb.de> abrufbar.

© Richard Bercanay 2015

Herstellung und Verlag:
BoD – Books on Demand, Norderstedt
ISBN 978-3-7347-9250-2

Photo & Umschlaggestaltung: © Richard Bercanay 2015

Alle Rechte vorbehalten

Personen und Handlungen sind frei erfunden. Jede Übereinstimmung mit tatsächlichen Ereignissen oder lebenden Personen wäre rein zufällig.

Am frühen Neujahrsmorgen wehte ein kalter Wind durch die Straßen von Boston. Die ganze Nacht über hatte es geschneit und eine sanfte Schneedecke hatte sich über die Straßen, Häuser und Gärten gelegt.
In einem der äußeren Bezirke Bostons ging ein junges Pärchen auf einer Nebenstraße spazieren. An den Straßen standen auf der einen Seite vereinzelt Einfamilienhäuser. Auf der anderen Seite war ein Wald. Kurz vor einer Kreuzung führte ein kleiner Weg in diesen Wald hinein, an dessen Seiten dichtes Gebüsch grenzte. Das Pärchen bog in diesen Weg ein. An jenem Neujahrsmorgen kurz nach 8:00 Uhr war auf den Straßen fast nichts los, so daß die beiden allein und ungestört den schmalen Weg entlangschlenderten.
»Was hältst Du davon, wenn wir einfach mal ein paar Tage wegfahren?«, fragte sie. »Dann hätten wir auch mal ein wenig Zeit für uns.«
Er hob seine Schultern.
»Ich kann ja mal versuchen, ein paar Tage frei zu nehmen. Allerdings muß ich erst mal sehen, was mein Chef dazu sagt. An wieviel Tage dachtest du... was ist denn?«
Die Frau war stehengeblieben und blickte leicht verunsichert auf ein Stück zur Seite gedrücktes Gebüsch.
»Da ist was.«
Die beiden näherten sich langsam dem Gebüsch. Nach wenigen Schritten sahen sie Beine, die dort herausragten und auf dem Weg lagen, die offenbar zu jemanden gehörten, der im Gebüsch lag. An der Stelle angekommen erblickten sie einen Mann, der in blaue Jeans und einen hellgrauen Wintermantel gekleidet war, welcher sich mit Blut vollgesogen hatte. Auch am Kopf hatte der Mann eine Verletzung, deren Blut inzwischen getrocknet war. Die Frau hielt sich ihre Hände vor ihr Gesicht.
»Um Himmels Willen!«, rief sie aus. Der Mann schloß seine Augen.
»Schrecklich.«
Die beiden wandten sich von der Leiche ab.
»Wir müssen die Polizei holen«, sagte die Frau. »Der

kann doch dort nicht einfach liegenbleiben.«
»An der Kreuzung gibt es eine Telephonzelle«, erwiderte der Mann. Die beiden gingen eilig den Weg zurück durch den Wald zur Straße. Dort liefen sie zur Kreuzung, an der die Telephonzelle stand. Der Mann warf ein paar Münzen ein.
»Carter hier«, rief er aufgeregt einen falschen Namen ins Telephon, als sich die Polizei meldete. »Burton Road Ecke Layer Street liegt an einem Waldweg ein Mann ... ich glaube, er ist tot!«
Seine Freundin beobachtete ihn, wie er das kurze Gespräch mit der Polizei führte. Dann legte er den Hörer auf und kam wieder aus der Telephonzelle heraus.
»Schnell, laß uns verschwinden«, sagte er. »Ich habe einen falschen Namen genannt, damit wir da nicht reingezogen werden. Sicher werden sie bald hier sein.«
»Meinst du, das war klug?«
»Nur, wenn wir jetzt schnell verschwinden.«
Sie nickte und folgte ihm zurück zu ihrem Wagen, mit dem sie in die Nähe des Waldes gefahren waren.
Einige Minuten später hielten vier Polizeiwagen vor dem Waldweg. Die Polizisten stiegen aus. Einer von ihnen war in Zivil gekleidet. Er trug einen knöchellangen, beigefarbenen Mantel, unter dem schwarze Winterstiefel erkennbar waren.
Der Mann in Zivil sah sich um. Ein Krankenwagen hielt in der Nähe des Waldweges und ein Arzt stieg aus.
»Guten Morgen, Sergeant Doyle«, sagte der Arzt.
»Frohes Neues Jahr, Dr. Taylor«, erwiderte Brendan Doyle.
»Ebenso. Allerdings könnte ich mir das neue Jahr schöner vorstellen, als gleich um 8:30 Uhr zu einer Leiche gerufen zu werden. Wo ist sie?«
Doyle hob seine Schultern.
»Wir sind auch gerade erst gekommen.«
Er sah sich um. Es waren nur Polizisten und Sanitäter zu sehen. Von dem Anrufer war keine Spur zu entdecken außer denen, die er auf dem Waldweg hinterlassen

hatte.
»Den Spuren nach ein Mann und eine Frau«, brummte Doyle. Taylor hob seine Schultern.
»Lassen Sie uns suchen.«
»Soll hier im Waldweg liegen.«
Die Männer folgten den Spuren in den Waldweg, gefolgt von einigen Polizisten. Nach kurzer Zeit stießen sie auf die Stelle, an der die Leiche lag.
»Hat jemand den Photographen verständigt?«, wollte Sergeant Doyle wissen. Einer der Polizisten nickte.
»Ist wohl im Schnee steckengeblieben, falls er aus seinem Bett herausgefunden hat.«
Doyle machte eine abwägende Bewegung.
»Stellen Sie sicher, daß er nicht wieder eingeschlafen ist.«
Einer der Polizisten grinste und machte sich auf den Weg zu den Wagen.
»Absperren«, ordnete Sergeant Doyle an. »Suchen Sie nach weiteren Spuren. Wir müssen feststellen, woran der Mann gestorben ist. Er sieht nicht so aus, als ob er erfroren ist.«
»Ja, ohne Zweifel. Soll ich ihn sofort untersuchen oder wollen Sie lieber auf den Photographen warten?«
»Warten wir auf den Photographen.«
Dr. Taylor stellte seine Tasche in der Nähe des Fundorts der Leiche in den Schnee und Sergeant Doyle sah sich um.
»Ich wünschte, die Leute würden einmal auf die Polizei warten, wenn sie eine Leiche gefunden haben.«
»Sie können froh sein, daß sie überhaupt angerufen haben.«
Doyle hob seine Schultern.
»Vermutlich haben Sie recht.«
Die Polizisten begannen damit, den Fundort der Leiche abzusperren. Sergeant Doyle ging den Weg zur Straße zurück. In einiger Entfernung war ein Räumfahrzeug der Stadtreinigung zu erkennen. Zudem begannen sich die ersten Schaulustigen um die Polizeiwagen zu ver-

sammeln.
»Ich wußte gar nicht, daß es so viele Frühaufsteher gibt«, brummte Sergeant Doyle. Ein weiterer Wagen hielt an der Stelle. Ein Mann mit einer Photoausrüstung stieg aus.
»Frohes neues Jahr«, grüßte Sergeant Doyle.
»Ebenso«, brummte der Photograph müde. »Wer hätte das gedacht, daß Leute auch Neujahr morden gehen?!?«
»Den Waldweg entlang«, erwiderte Sergeant Doyle. »Dort wo die Polizei ist.«
Der Polizeiphotograph sah den Sergeant müde an.
»Fast hätte ich es mir gedacht.«
Ein Polizist kam aus dem Waldweg.
»Morgen, Richard«, grüßte er den Photographen, der müde mit seiner Kamera winkte.
»Hoffentlich ist auch ein Film drin«, erwiderte der Polizist grinsend.
»Zur Not können wir ja dich einspannen.«
»Gute Laune«, meinte der Polizist weiterhin grinsend, als er bei Sergeant Doyle ankam.
»Die hat er in der Tat«, erwiderte Doyle. »Richard hat ins neue Jahr gefeiert. Wie ich gehört habe, sollte die Party, auf der er war, bis 4:00 Uhr gehen. Wohl eher länger.«
Der Polizist sah Richard nach.
»Und das mit Bereitschaftsdienst.«
Sergeant Doyle lächelte.
»Seien wir froh, daß er nüchtern ist und jetzt nicht den Weg entlang wankt, sonst hätte ich die Photos nämlich selbst machen müssen. Das ist schon in Ordnung. Ich hätte auch nicht damit gerechnet, daß wir so früh im neuen Jahr schon zu einem Einsatz müssen.«
Die beiden sahen dem Photographen kurz nach.
»Wir haben etwas gefunden, Sir«, sagte der Polizist, nun wieder mit ernstem Gesicht. »Es sieht nach einem Unfall aus.«
Doyle zog nachdenklich seine Augenbrauen zusammen.
»Ein Unfall? Auf dem Waldweg?«

»Kommen Sie.«
Der Sergeant folgte dem Polizisten in den Waldweg. Sie kamen an der Leiche vorbei, wo der Photograph aus verschiedenen Winkeln Photos des Toten machte. Einige Meter weiter lag ein verbogenes Fahrrad im Gebüsch, an dem Blutspuren zu erkennen war. Doyle betrachtete das Fahrrad nachdenklich.
»Der ist doch hier nicht vor einen Baum gefahren und dann 50 Meter weit geflogen.«
»Wer weiß. Vielleicht wollte er sich noch zur Straße schleppen in der Hoffnung, daß ihn jemand sieht und ihm hilft.«
Doyle warf einen Blick auf den Baum.
»Der sieht aber nicht danach aus, als ob da jemand einen Unfall hatte. Die Spurensicherung soll feststellen, ob das wirklich hier passiert ist. Wo sollen die schweren Verletzungen herkommen?«
Der Polizist hob seine Schultern.
»Ich denke ja nur laut am frühen Morgen.«
»Ich fürchte, das tun wir alle«, erwiderte Doyle, kehrte zur Absperrung zurück und betrachtete die Leute, die sich dort bereits versammelt hatten.
»Wohnt einer von Ihnen hier?«, fragte Doyle. Die Menschen, die in der ersten Reihe vor der Absperrung standen, traten einen Schritt zurück.
»Also keiner von Ihnen. Dann bitte ich Sie, weiterzugehen. Es gibt hier nichts zu sehen.«
Die Menschen schenkten den Worten Doyles nicht viel Beachtung; nur einige wenige, denen ihre Neugier doch unangenehm war, entfernten sich langsam von der Absperrung.
Sergeant Doyle bückte sich unter der Absperrung her und überquerte die Straße. Hinter ihm fuhr das Räumfahrzeug mit langsamer Geschwindigkeit über die Straße und häufte ein kleines Schneegebirge neben sich auf. Doyle wandte sich um und sah dem Schneepflug nach. Als er an der Kreuzung nach rechts um die Ecke bog, förderte der Schneepflug roten Schnee zutage. Der

Fahrer blieb stehen. Brendan Doyle winkte einen Polizisten heran und lief zu der Stelle.

»Sehen Sie mal hier«, rief Sergeant Doyle aus. »In den unteren Schichten hat sich der Schnee offenbar mit Blut vollgesogen.«

Der Polizist nickte zustimmend.

»Sofort absperren!«, befahl Doyle. »Die Spurensicherung soll eine Probe mitnehmen und feststellen, ob es das Blut des Fahrradfahrers ist.«

Inzwischen war der Fahrer des Schneepflugs ausgestiegen und betrachtete ebenfalls den rotgefärbten Schnee.

»Sir... was ich nun tun?«, fragte er unsicher.

»Weiterfahren«, erwiderte Doyle. »Aber vorher geben Sie mir bitte noch Ihren Namen und Ihre Adresse. Möglicherweise brauche ich Sie noch als Zeugen«

Währen der Mann dem Sergeant seine Daten gab, kamen einige Schaulustige von der Absperrung herüber. Doyle schloß für einen Moment seine Augen. Als er sie wieder öffnete, standen drei Leute vor ihm.

»Stellen Sie sich vor, es ist Ihr Blut«, rief Doyle ihnen leicht verärgert zu. »Haben Sie hier genug gesehen? Darf ich Ihnen eine Probe des Schnees anbieten? Möchten Sie nicht eine Handvoll mitnehmen und es zu Hause herumzeigen?«

Einer der drei Männer machte eine abwehrende Handbewegung.

»Regen Sie sich bitte nicht auf.«

»Doch, Mister, das tue ich. Scheren Sie sich zum Teufel!«

Die Männer gingen langsam die Straße in Richtung Innenstadt entlang. Offenbar gehörten sie zusammen. Der Fahrer des Schneepflugs stieg wieder ein und setzte seine Fahrt fort. Zwei Polizisten kamen herüber und sperrten die Stelle ab, an der der rote Schnee aufgeworfen worden war. Ein Mann von der Spurensicherung füllte mehrere Schneeproben in verschiedene Tüten, die er beschriftete.

Sergeant Doyle ging die Straße entlang zum ersten

Haus an der Kreuzung. Dort klingelte er an der Haustür. Die Jalousien am Haus waren noch heruntergelassen und Sergeant Doyle war sich darüber im Klaren, daß er vermutlich gerade jemanden aus dem Bett klingelte. Und tatsächlich öffnete nach dem dritten Klingeln eine junge Frau, die in einen Morgenmantel gekleidet war und der anzusehen war, daß sie noch bis vor kurzem tief und fest geschlafen hatte.
»Entschuldigen Sie bitte die Störung«, sagte Doyle und zeigte seinen Polizeiausweis vor. »Mein Name ist Brendan Doyle, ich komme von der Kriminalpolizei. Heute nacht ist hier auf oder an der Kreuzung ein Unfall passiert. Haben Sie davon eventuell etwas mitbekommen?«
Die Frau betrachtete ihn müde.
»Wann heute nacht?«
Doyle hob seine Schultern.
»Kann auch heute morgen passiert sein.«
»Ich weiß es nicht. Ich bin erst so um fünf Uhr heute morgen zurückgekommen, und da war hier nichts.«
»Wohnt noch jemand in diesem Haus?«
Die Frau schüttelte ihren Kopf.
»Nein. Es gehört meinen Eltern und ich passe für sie auf die Pflanzen und so weiter auf.«
»Ich danke Ihnen. Und entschuldigen Sie bitte nochmals, daß ich Sie geweckt habe.«
»Das macht nichts«, erwiderte sie müde und kehrte ins Haus zurück. Doyle blickte sich um. Das nächste Haus stand einige Meter weiter und auch dort waren die Jalousien heruntergelassen. Also machte er sich auf den Weg, die nächsten Leute aus dem Schlaf zu klingeln.
Auf dem Weg zu dem Haus sah er den Polizeiphotographen aus dem Waldweg zurückkehren.
»Alles erledigt?«, rief Doyle. Der Photograph schwenkte seine Kamera. Dann stieg er in seinen Wagen ein und fuhr in Richtung Innenstadt davon.
Sergeant Doyle setzte seinen Weg zu dem zweiten Haus fort und ging den Weg zur Haustür entlang. An der Haustür angekommen klingelte er. Als sich nach dem

fünften Klingeln nichts tat, gab er auf wandte sich dem nächsten Haus zu. Während Doyle versuchte, die Nachbarn zu befragen, stellte er fest, daß niemand dort den Namen Carter trug. Von den Nachbarn, die ihm öffneten, hatte niemand während der Nacht etwas von einem Unfall bemerkt.
Die Schaulustigen hatten inzwischen offenbar das Interesse verloren, denn es stand niemand mehr an der Absperrung, als Doyle zurückkehrte. Er bückte sich unter der Absperrung her. Der Gerichtsmediziner war dabei, die Leiche zu untersuchen, als Doyle wieder am Fundort ankam.
»Haben Sie schon feststellen können, um wen es sich handelt?«, fragte Doyle einen Mann von der Spurensicherung.
»Wir haben ihn noch nicht durchsucht. Erst wollte Dr. Taylor ihn untersuchen.«
Der Gerichtsmediziner schloß seinen Arztkoffer. Doyle wandte sich ihm zu.
»Und?«
»Schwere Verletzungen«, stellte er fest. »Die können von einem Unfall sein. Genaueres kann ich erst nach einer Sektion sagen.«
»Machen Sie die noch heute?«, wollte Doyle wissen.
»Ja, sicher.«
Sergeant Doyle gab dem Mann von der Spurensicherung ein Zeichen, die Leiche nun zu durchsuchen. Der Mann zog sich ein Paar Gummihandschuhe über und tastete den Toten zunächst ab. Das Blut, das sich in die Kleidung gesogen hatte, war bereits getrocknet und hinterließ keine Spuren auf den Handschuhen. Der Mann durchsuchte nun die Taschen des Toten und fand neben ein paar Münzen einen Brief, der in der hinteren Hosentasche steckte.
»Kein Portemonnaie, kein Ausweis, Sir. Aber dieser Brief«, sagte er dann zu Sergeant Doyle und zeigte ihm den Brief von beiden Seiten. Er war an eine Frau namens Sandra Browne adressiert. Als Absender war der

Name Jerry Browne zu lesen.
»Vielleicht seine Frau«, meinte Dr. Taylor. »Oder eine andere Verwandte.«
»In Ordnung«, erwiderte Doyle. »Sie können die Leiche jetzt abtransportieren.«
»Pennsylvania IV«, ordnete der Gerichtsmediziner an. Die Sanitäter hoben die Leiche auf eine Bahre und trugen sie zum Krankenwagen. Der Gerichtsmediziner folgte den Männern. Sergeant Doyle notierte sich, daß die Leiche in der Abteilung IV der Gerichtsmedizin in der Pennsylvania Road seziert würde. Nun ging er zum Fundort des Fahrrades, wo ebenfalls ein Mann von der Spurensicherung mit der Untersuchung beschäftigt war. Als er den Sergeant sah, richtete er sich auf.
»Da muß ein Sachverständiger her«, erklärte der Mann dem Sergeant. »Aber ich habe bereits Lackspuren entdeckt. Das Fahrrad ist grau. Die blauen Lackspuren, die ich gefunden habe, könnten von einem Fahrzeug stammen, das das Fahrrad gerammt hat.«
»Dann gehen Sie also von Unfallflucht aus.«
»So ist es, Sergeant. Sollten die Spuren frisch sein, können wir mit Sicherheit annehmen, daß der Radfahrer auf der Kreuzung angefahren und dann hier ins Gebüsch geschleppt wurde. Das Fahrrad wurde dann einfach hinterher geworfen.«
Sergeant Doyle betrachtete das Fahrrad eine Zeitlang.
»Da könnten Sie recht haben. Gut. Untersuchen Sie das Fahrrad und die Umgebung genau mit Ihren Leuten. Vielleicht finden wir ja weitere Hinweise.«
»Ja, Sir«, erwiderte der Mann von der Spurensicherung. Dann nahm er das Fahrrad und trug es den Weg entlang zu einem Wagen, wo er es vorsichtig verstaute.
Die Polizisten hatten die Absperrung inzwischen erweitert und mit der Suche nach weiteren Spuren begonnen. Sergeant Doyle wies einen Beamten an, den Ort erst zu verlassen, wenn sichergestellt war, daß es keine weiteren Spuren gab. Anschließend machte er sich auf den Weg zu seinem Wagen und fuhr zum Polizeige-

bäude in der Innenstadt zurück.
Mit dem Fahrstuhl erreichte Sergeant Doyle die achtzehnte Etage, wo die Büros der Vermißtenstelle waren. Dort klopfte er an die Tür des Büros des diensthabenden Sergeanten. An diesem Neujahrsmorgen hatte Frank Heaton Dienst. Als Doyle das Büro betrat, verspeiste Sergeant Heaton gerade sein Frühstück.
»Frohes neues Jahr«, sagte Doyle.
»Ebenso«, erwiderte der Sergeant, nachdem er einen Bissen seines Frühstücks heruntergeschluckte hatte.
»In der Pennsylvania Road wird in diesen Minuten die Leiche eines Radfahrers seziert. Es besteht die Möglichkeit, daß es sich um einen Unfall mit Fahrerflucht handelt. Wir wissen noch nicht, um wen es sich handelt, vermuten aber, daß der Name des Mannes Jerry Browne ist, B-R-O-W-N-E. Der Tote dürfte zwischen 25 und 35 Jahre alt gewesen sein, trug einen hellgrauen Mantel, grauen Pullover und blaue Jeanshosen. Er hatte dunkle Haare und dürfte etwa... sagen wir... zwischen 1.75 m und 1.85 m gewesen sein.«
Sergeant Heaton notierte sich die Angaben.
»Ich werde darauf achten. Aber Sie wissen natürlich, daß wir 24 Stunden warten, bis wir eine Anzeige entgegen nehmen. Sergeant Anderson von der Nachtschicht könnte eine entsprechende Anzeige bereits abgelehnt haben. Zumindest hat er nichts hinterlassen.«
»Dann rufen Sie ihn mal an.«
Heaton hob seine Schultern.
»Er wird jetzt schon schlafen.«
»Das ist Pech. Für ihn. Ich hätte diese Spur nämlich schon gerne verfolgt.«
»Ich werde ihn heute mittag anrufen und Ihnen dann Bescheid sagen. Sollte heute nacht eine entsprechende Meldung eingegangen sein, wird der Betreffende sicher heute wieder anrufen.«
»Da haben Sie sicher recht.«
Sergeant Heaton legte den Zettel mit den Angaben neben das Telephon und schrieb darunter, daß diese Be-

schreibung unbedingt beachtet werden mußte.
»Ich danke Ihnen«, sagte Doyle.
»Keine Ursache.«

1.

Kurz nach Mittag lag ein erster Befund des Leichenbeschauers vor. Der Tote erlag seinen Verletzungen und der Kälte. Dies entsprach Doyles Erwartungen.
Die Verletzungen ließen laut Bericht auf einen Unfall schließen. Das rechte Bein war gebrochen, das Schultergelenk ausgekugelt und darüber hinaus waren zahlreiche innere Blutungen festzustellen. Der Tote hatte auch Verletzungen im Kopfbereich, jedoch keinen Schädelbruch.
Gleich auf den Bericht des Gerichtsmediziners folgte der Bericht der Spurensicherung. Bei der Untersuchung der Kleidung wurden Spuren blauen Lacks gefunden. Nach ersten Analysen entsprachen sie den Spuren, die auch am Fahrrad gefunden wurden. Der Tote hatte keine Papiere bei sich, jedoch diesen handgeschriebenen Brief, der an eine Frau mit dem Namen Sandra Browne adressiert war. Dem Absender konnte die Spurensicherung entnehmen, daß es sich bei dem Toten mutmaßlich um Jerry Browne handelt. Der Inhalt des Briefes legte nahe, daß es sich bei der Frau um die Schwester des Opfers handelte, die am anderen Ende der Stadt wohnte. Doyle notierte sich die Adresse und beschloß, die Schwester des Toten selbst aufzusuchen.
Der Unfallort wurde zum Zeitpunkt der Anfertigung des ersten Berichts noch von Leuten der Spurensicherung untersucht. Laut Bericht war auch weiterhin die Sperrung der Kreuzung veranlaßt worden, um eine gründliche Untersuchung der Orte des Geschehens zu ermöglichen.
Doyle verließ sein Büro, das er sich mit drei weiteren Sergeanten teilte, und fuhr mit dem Fahrstuhl in die

Untergeschosse des Gebäudes, in denen die Spurensicherung ihre Labors hatte. Dort wandte er sich an Richard Briggs, der in einem kleinen Büro in der Nähe des Fahrstuhls im zweiten Untergeschoß saß.
»Frohes neues Jahr«, grüßte Doyle.
»Ihnen auch, Sergeant«, erwiderte Briggs, ein 42jähriger großer und dicker Mann, der in einen weißen Arbeitskittel gekleidet war.
»Ich suche neue Erkenntnisse über die Fahrerflucht von heute morgen«, sagte Doyle.
»Feine Sache. Das tun wir auch. Wollen Sie sich uns anschließen?«
»Nichts, das ich lieber täte.«
Doyle folgte Briggs in die Labore. Der grauhaarige Spezialist strahlte stets eine große Gelassenheit aus. Doyle war der Überzeugung, daß ihn nichts aus der Ruhe bringen könnte.
»Sie arbeiten an dem Unfall von heute morgen«, meinte Briggs.
»Ja, der an der Kreuzung Burton Road und Layer Street.«
Briggs führte Doyle in das Labor, in dem das Fahrrad untersucht wurde.
»Wir untersuchen das Fahrrad zunächst auf Fingerabdrücke. Bislang haben wir Abdrücke von drei verschiedenen Personen feststellen können. Unsere Leute fertigen zurzeit Karten von den Fingerabdrücken an.
Die Lackspuren, die wir am Fahrrad gefunden haben, lassen sich näher spezifizieren. Es handelt sich um relativ neuen Lack. Die Farbe hat bei verschiedenen Firmen den Namen »Polar Blau«, ein ziemlich dunkles Blau. Wir vermuten, daß der Wagen zum Zeitpunkt des Aufpralls auf den Radfahrer eine Geschwindigkeit von 25 bis 30 Meilen pro Stunde gehabt haben dürfte.«
»Wie das abgelaufen ist, können Sie nicht sagen?«
»Das werden wir ohne den Unfallwagen wohl nicht feststellen können.«
»Also, die Farbe ist nichts Besonderes? Eine Farbe, die

häufig vorkommt?«
»Da haben Sie recht. Die Farbe ist nicht unbedingt selten, aber der Wagen dürfte ziemlich neu sein.«
»Können Sie sagen, wie neu?«
»Ich vermute, daß er allenfalls eineinhalb Jahre alt ist. Eher ein Jahr.«
»Das ist ja wenigstens etwas.«
»Ja«, erwiderte Briggs. »Unsere ersten Analysen am Unfallort legen nahe, daß der Wagen von der Stoppstraße kam, der Radfahrer sich auf der Vorfahrtsstraße befand. Das würde den Fundort der Blutspuren an der Kreuzung erklärten. Leider hat der Schneepflug vieles verwischt, und so können wir das nur vermuten.«
»Wenn es andersherum gewesen wäre, hätte der Autofahrer den Radfahrer wohl kaum ins Gebüsch geschleift.«
Briggs machte eine abwägende Bewegung.
»Das kann man nie wissen. Aber der Schluß liegt eigentlich nahe. Jedenfalls wird der Unfallort von unseren Leuten noch weiter untersucht. Es könnte ja sein, daß außer dem Zettel noch etwas gefunden wird.«
Doyle sah Briggs überrascht an.
»Was für ein Zettel?«
»Wurden Sie noch nicht benachrichtigt? Wir haben im Gebüsch, nahe des Fundortes der Leiche, einen Kugelschreiber und einen Zettel gefunden. Uns liegen die Fingerabdrücke der Leiche noch nicht vor, aber die Schrift, die wir zurzeit mit der Schrift des handgeschriebenen Briefes vergleichen, der bei der Leiche gefunden wurde, legt nahe, daß es dem Opfer wohl noch gelungen ist, die Autonummer des Mannes zu notieren, der ihn angefahren hat.«
Doyles Augen wurden immer größer.
»Eine Autonummer? Der Tote hat eine Autonummer notiert?«
»Haben Sie schon einmal gehört, daß ein Toter eine Autonummer aufschreibt?«
Doyle winkte ab.

»Sie wissen, was ich meine.«
»Aber sicher. Danach sieht es aus. Kommen Sie mal mit an die Tafel.«
Briggs führte Doyle zu einer Tafel, auf der die Kreuzung aufgemalt war, an der der Unfall stattfand.
»Nehmen wir an, der Wagen kam von der Stoppstraße und schleuderte. Dann ist es durchaus möglich, daß der Radfahrer die Autonummer seines Unfallgegners erkannte, während dieser ihn wegschleifte. Dabei gehen wir davon aus, daß der Unfallgegner den Mann unter die Arme griff und ihn somit also mit seinem Gesicht zum Wagen wegschleifte. An der Kreuzung stehen Laternen, die die ganze Nacht über eingeschaltet sind. Das Opfer könnte also die Nummer des Kennzeichens gesehen haben.«
Sergeant Doyle betrachtete die Skizze eine Zeitlang. Dann nahm er sein Notizbuch und einen Kugelschreiber aus seiner inneren Jackettasche und malte die Skizze ab.
»In Ordnung«, sagte er dann. »Wie lautet die Autonummer.«
Briggs nahm einen Zettel aus einem Hefter.
»Die Nummer lautet 288 ZNI.«
Sergeant Doyle notierte sich die Nummer unter seine Skizze.
»Benachrichtigen Sie mich, wenn der Graphologe eindeutige Ergebnisse hat. In der Zwischenzeit werde ich den Besitzer des Wagen feststellen lassen.«
»In Ordnung, Sir.«
Sergeant Doyle verließ die Labore wieder und kehrte in sein Büro zurück, in dem inzwischen auch sein Kollege Sergeant Perry Platz genommen hatte.
»Frohes neues Jahr«, grüßte Doyle.
»Gleichfalls«, erwiderte Perry. »Viel zu tun?«
»Ein Unfall. Vermutlich wurde dieser Unfall zu einem Mord. Es sieht danach aus, als habe jemand einen Radfahrer überfahren und ihn dann ins Gebüsch geschleift.«

Perry rümpfte seine Nase.
»Wozu manche Menschen fähig sind...«
»Ja.... Aber es sieht ganz gut aus. Das Opfer konnte offenbar noch die Autonummer des Täters notieren.«
Perry grinste.
»Der wird sich wundern.«
»Ja, das wird eine nette Neujahrsüberraschung«, erwiderte Doyle und notierte die Nummer auf eine Karte, die er in den Postkasten legte.
»Soll ich das Ding mitnehmen?«, fragte Perry. »Ich muß ohnehin zur Zentrale.«
»Gut. Dann geht es etwas schneller.«
Sergeant Perry nahm die Karte und verließ das Büro. Kurz darauf betrat Dr. Taylor das Büro.
»Haben Sie meinen Bericht bekommen?«, fragte er, als er in dem Sessel vor Doyles Schreibtisch Platz genommen hatte.
»Ja. Was darin stand, war zu erwarten.«
»Ich möchte Ihnen noch ein paar Ergänzungen machen. Wir haben noch keine Sektion vorgenommen. Wie Sie wissen müssen wir damit ja noch ein wenig warten. Aber wir haben ihn geröntgt. Von den Verletzungen, die der Tote hatte, können wir folgern, daß der Wagen, der ihn erwischte, von rechts kam, in dem Fall wäre das die Stoppstraße gewesen. Er muß ein ziemlich hohes Tempo gehabt haben. Das werden aber die Sachverständigen genauer sagen können.«
Doyle warf einen Blick in seinen Postkasten. Der Termin mit den Sachverständigen war um 17:00 Uhr im Raum E 111.
»Ja.«, sagte Doyle.
»Der Radfahrer wurde vermutlich auf die Motorhaube aufgeladen und wieder heruntergeschleudert. Das halte ich für wahrscheinlicher als daß er direkt zu Boden geschleudert wurde.«
Doyle notierte sich die Angabe.
»Es war also ein harter Schlag.«
»So ist es. Wir können davon ausgehen, daß der Mann

sein Opfer unter den Armen gegriffen und sozusagen rückwärts über die Straße geschleift hat. Dies beweisen die Druckstellen unter den Achselhöhlen.«
»Briggs hat so etwas vermutet.«
Dr. Taylor sah Doyle leicht überrascht an.
»Wieso?«
Doyle lehnte sich in seinen Sessel zurück.
»Weil der Tote noch in der Lage war, die Autonummer seines Unfallgegners aufzuschreiben. Können Sie bitte bis zum Sachverständigenbericht klären, ob das möglich ist.«
Dr. Taylor notierte sich das.
»Ich gebe mir Mühe.«
»Ich danke Ihnen.«
»Das ist unser Job.«
Dr. Taylor verließ das Büro des Sergeanten.
Doyle sah sich die Nachrichten an, die in seinem Postkasten gelandet waren. Darunter war ein Bericht über einen abgeschlossenen Fall und ein weiterer Zwischenbericht der Spurensicherung, der das beinhaltete, was Briggs ihm bereits erzählt hatte. Außerdem lagen noch einige Neujahrsgrüße von Kollegen in seinem Postkasten. Er vertrieb sich seine Zeit damit, die Grüße zu beantworten. Nun warf er einen Blick auf seine Armbanduhr. Es war kurz vor 15:00 Uhr und somit noch etwas über zwei Stunden bis zum Treffen mit den Sachverständigen. Also setzte sich Doyle an die Schreibmaschine und erledigte eine Aufgabe, mit der er sich nicht so gerne befaßte: Er schrieb die Pressemitteilung für die örtlichen Zeitungen und überlegte, welche Erkenntnisse an die Öffentlichkeit dringen durften und welche aus ermittlungstaktischen Gründen besser nicht mitgeteilt würden. Überdies hielt Doyle stets gerne noch einige unerhebliche Informationen zurück, mit denen er Anfragen der Medien beantworten konnte, so daß diese glaubten, etwas Neues erfragt zu haben ohne ermittlungsrelevante Dinge zu erfahren.
Doyle gelangte zu der Auffassung, daß es ausreichte,

wenn die Medien erfuhren, wo der Unfall stattgefunden hatte, ohne zu viele Details des Hergangs zu nennen. Somit nannte er den Unfallort und den Umstand, daß das Opfer unweit vom Tatort in ein Gebüsch geschleift und das Fahrrad hinterhergeworfen wurde. Dies verband er mit dem üblichen Aufruf, daß eventuelle Zeugen sich bei der Polizei melden mögen. Anschließend machte er sich auf den Weg zur Schwester des Toten.

2.

Es gehörte nicht gerade zu den Lieblingsaufgaben Sergeant Doyles, die Angehörigen über den Tod eines der Ihren zu informieren. Jedoch war es Teil seines Berufes und unvermeidbar. Der Tote mußte letztlich auch identifiziert werden, was für die die Angehörigen begleitenden Polizisten ebenfalls keine erfreuliche Aufgabe war.

Jerry Brownes Schwester Sandra wohnte in einem Miethochhaus am Rande der Stadt in der sechsten Etage. Die Gegend, in der dieses doch sehr gepflegte Haus stand, war ein traditionelles Arbeiterviertel, in dem vor allem jene Menschen wohnten, die in den nahen Docks in Boston arbeiteten.

Während Sergeant Doyle mit dem Fahrstuhl in das sechste Stockwerk hochfuhr, vermied er es darüber nachzudenken, was er der Schwester des Verstorbenen sagen würde. Ihm fielen solche Mitteilungen leichter, wenn er die Situation auf sich zukommen ließ, in der er die traurige Nachricht überbringen mußte.

Sandra Browne wartete mit leicht beunruhigtem Gesicht bereits an der Tür ihrer Wohnung, als Doyle den Fahrstuhl verließ. Er hatte bereits über die Gegensprechanlage mitgeteilt, daß er Polizeisergeant sei. Doyle trat nun einer jungen Frau mit kurzen dunklen Haaren gegenüber, die unter einer blauen Strickjacke eine weiße Bluse und eine schwarze Hose

trug. Obwohl Doyle nur die Leiche Brownes gesehen hatte, fiel ihm die Ähnlichkeit mit dessen Schwester sofort auf.
»Mein Name ist Doyle, Kriminalpolizei«, stellte sich der Sergeant erneut vor und zeigte seinen Polizeiausweis, den die junge mit einem kurzen Blick streifte.
»Ja, was kann ich für Sie tun?«, fragte sie.
»Ich ähem... fürchte, ich muß Ihnen eine unerfreuliche Nachricht überbringen. Es geht um Ihren Bruder.«
»Jerry?«, fragte sie aufgebracht. »Was ist mit ihm?«
»Ich fürchte, er ist tot. Wir haben heute morgen seine Leiche gefunden.«
Sandra griff nach dem Türrahmen und schloß für einen Moment ihre Augen.
»Das kann doch nicht wahr sein. Er war doch Weihnachten noch hier.«
»Es ist vermutlich heute nacht passiert.«
»Was ist heute nacht passiert?«
»Er war mit seinem Fahrrad unterwegs, vermutlich wollte er nach Hause fahren. Und dabei wurde er von einem Wagen angefahren. Statt ihm zu helfen... schleifte der Fahrer Ihren Bruder über die Straße und warf ihn in ein Gebüsch eines schmalen Weges, der von der Straße wegführte. Dort ließ er ihn zurück. Wir nehmen an, daß Ihr Bruder dort starb.«
Tränen stiegen Sandra Brownes Augen und sie wandte sich zu ihrer Wohnung.
»Kommen Sie doch herein«, schluchzte sie und Doyle folgte ihr in das Wohnzimmer. Die Wohnung der jungen Frau war mit soliden, nicht zu teuren Möbeln eingerichtet. Im Wohnzimmer standen drei Sessel um einen niedrigen Couchtisch herum. Sandra ließ sich in einen der Sessel fallen und Sergeant Doyle setzte sich ihr gegenüber. Sie nahm ein Taschentuch aus einer Packung vom Tisch und wischte sich die Tränen aus dem Gesicht.
»Ich habe nun die unangenehme Aufgabe«, sagte Sergeant Doyle, »Ihnen einige Fragen zu stellen und Sie

zu bitten, zum Zwecke einer Identifizierung Ihres Bruders mit in die Stadt zu kommen. Aber lassen Sie sich ruhig Zeit, sich etwas zu fassen. Es eilt nicht.«
»Ja«, sagte Sandra mit tränenerstickter Stimme, »stellen Sie Ihre Fragen. Wenn ich Ihnen helfen kann, möchte ich es gerne tun.«
Doyle verzichtete darauf, seinen Notizblock hervorzuholen und sich stattdessen die Antworten zu merken.
»Miss Browne, Ihr Bruder ist offensichtlich bei starkem Schneefall in der Nacht dem Fahrrad unterwegs gewesen. Das finde ich etwas ungewöhnlich.«
Sandra schüttelte ihren Kopf.
»Nein, das ist nicht ungewöhnlich für ihn. Er arbeitet als Verpacker in einer Eisenwarenfirma. Dort verpackt er die Produkte. Dabei verdient er nicht besonders viel. Er fährt Fahrrad, weil er sich kein Auto leisten kann. Darum fährt er auch bei jedem Wetter mit dem Rad, auch im Winter.«
»Er hatte einen an Sie adressierten Brief bei sich, der zurzeit noch bei uns ausgewertet wird. War auch das üblich für Ihren Bruder, Ihnen zu schreiben obwohl er in der gleichen Stadt wohnt?«
»Ja, denn weder er noch ich haben Telephon. Wir haben uns immer geschrieben.«
»Darf ich noch fragen, was Sie von Beruf sind?«
»Ich bin Sekretärin bei der Branway-Werft.«
Doyle sah sich kurz um, während Sandra sich ein neues Taschentuch nahm. Er mußte nicht danach fragen, sondern sah auf den ersten Blick, daß sich die Geschwister sehr nahegestanden hatten.
»Ich... ich bin gleich so weit, dann können wir fahren«, sagte sie.
»Wie gesagt, lassen Sie sich Zeit. Es hat keine Eile.«
»Ich möchte gerne, daß wir bald fahren. Vielleicht irren Sie sich ja und es ist nicht Jerry.«
Diese Hoffnung ließ Sandra wieder zuversichtlicher aussehen und ihre Trauer ein wenig beiseite schieben.

Doyle kannte ein solches Verhalten aus früheren Identifikationen. So lange die Angehörigen die Toten nicht gesehen hatten, hofften Sie auf eine Verwechslung.

»Gut«, sagte Doyle. »Kommen Sie mit. Wir fahren mit meinem Wagen. Sie werden anschließend wieder nach Hause gebracht.«

Die beiden verließen das Wohnzimmer. Auf dem Flur zog Sandra sich eine weiße Winterjacke über und folgte Doyle auf den Flur. Während sie ihre Wohnungstür abschloß, forderte Doyle den Fahrstuhl am Ende eines kurzen Flures neben dem Treppenhaus an. Als sich die Türen öffneten, betraten beide die Kabine, wo Sandra sich noch ein paar Tränen aus dem Gesicht wischte.

»Miss Browne«, sagte Doyle, nachdem sich die Türen geschlossen und der Fahrstuhl nach unten in Bewegung gesetzt hatte. »Es ist nicht leicht, Ihnen das zu sagen, aber wir sind uns sehr sicher, daß es bei dem Toten um Ihren Bruder handelt. Sie sollten sich dessen bewußt sein, wenn Sie gleich in die Leichenhalle treten.«

Sandra nickte kurz und putzte sich die Nase. Doyle war der Überzeugung, daß sie es dennoch verdrängte.

Auf dem Weg zum Leichenschauhaus erfuhr Doyle, daß Sandra sechs Jahre jünger war als ihr Bruder. Als ihre Eltern verstarben, war Jerry 19 Jahre alt und kümmerte sich um seine Schwester. Er verzichtete auf eine Ausbildung und nahm zahlreiche Hilfsarbeiten an, um beide über die Runden zu bringen. Auch Sandra hatte sich beeilt, die Schule abzuschließen um eine Ausbildung machen und arbeiten zu können. Seit fünfzehn Jahren arbeitete sie nun als Sekretärin bei der Branway-Werft.

Dr. Taylor ließ nicht lange auf sich warten, nachdem die beiden im Leichenschauhaus in der Pennsylvania Road ankamen. Doyle nahm den Mediziner zur Seite und stellte sicher, daß dieser die Leiche zwar untersucht aber noch nicht seziert hatte. Dann gingen sie zusammen mit Sandra in die Leichenhalle. Die

Schubladen mit den Leichen darin verteilten sich an alle Wände außer jener, durch deren Tür die Doyle mit dem Arzt und der Schwester des Opfers den Raum betreten hatte. Dr. Taylor öffnete die Schublade mit der Nummer 142, die in Kniehöhe über dem Boden lag, und hob die weiße Decke an, die über den inzwischen gewaschenen Leichnam lag.

»Jerry!«, rief Sandra aus, fiel auf ihre Knie und umarmte den Toten, die weiße Decke umfassen, mit der dieser zugedeckt war. Sie begann laut zu weinen, während Doyle den Gerichtsmediziner etwas hilflos anschaute.

»Kommen Sie, Miss Browne«, sagte Dr. Taylor schließlich und griff sie leicht am Arm. Sandra löse ihre Umarmung und stand weinend wieder auf. Dr. Taylor führte sie in einen Nebenraum während Doyle die Leiche wieder zudeckte und die Schublade zurück in die Wand schob. Die Identität des Toten war nunmehr geklärt und Sandra bei Dr. Taylor in guten Händen. Doyle stand etwas hilflos in der kühlen Leichenhalle und wußte, wie immer, wenn er in diesem Raum stand, nicht, wohin mit sich. So ging er langsam durch die Halle zur Tür und verließ sie.

Auf dem Flur vor der Halle war es deutlich wärmer und Doyle sah nun durch das Fenster, welches neben der Tür in der Wand in die Halle wies. Sie zählte zu den Orten, an denen Doyle sich am wenigsten gerne aufhielt. In einigen Minuten würde er die Schwester des Toten wieder zu ihrer Wohnung zurückfahren und ihr raten, an diesem Tag nicht alleine zu bleiben. Und dann würde er sie alleine lassen müssen, denn um 17:00 Uhr war die Konferenz der Sachverständigen im Zimmer E 111 angesetzt. Bis dahin waren es noch vier Stunden, die Doyle zu wenig Zeit lassen würden, sich in der Weise um die Schwester des Toten zu kümmern, wie es in der Situation eigentlich angemessen wäre.

3.

Um Punkt 17:00 Uhr betrat Sergeant Doyle das Konferenzzimmer E 111. Dort ging er um den Tisch herum, der in der Mitte des Raumes stand und setzte sich an dessen Kopfende. Zu seinen Seiten saßen nun die Sachverständigen der verschiedenen Abteilungen, die mit diesem Fall befaßt waren, nämlich Peter Egan, Sachverständiger für Materialprüfung, Richard Briggs von der Spurensicherung und die Gerichtsmedizinerin Dr. Janet Simpson.
»Fehlt noch jemand?«, fragte Sergeant Doyle.
»Nein. Soweit ich weiß, fehlt niemand«, erwiderte Egan.
Doyle blickte auf seine Armbanduhr.
»Gut. Dann wünsche ich Ihnen allen erst mal ein frohes neues Jahr. Ich denke, wir können beginnen.«
Die Anwesenden erwiderten die Neujahrswünsche und sortierten ihre Unterlagen.
»Mr. Egan, beginnen Sie bitte«, sagte Doyle.
Egan öffnete einen Aktenhefter, las die Stichpunkte, die auf dem Deckblatt standen und nahm anschließend seine Brille ab.
»Unsere Abteilung hat das Fahrrad analysiert. Wir sind zwar noch nicht am Ende unserer Analysen, aber einiges können wir jetzt schon sagen. Es sind deutliche Lackspuren erkennbar, und wir sind uns einig, daß diese von einem Unfall stammen müssen, der gerade erst passiert ist, genauer gesagt, in der Nacht von gestern auf heute. Die Farbe trägt die Bezeichnung »Polar Blau«. Der Wagen, den wir suchen, dürfte ein Alter zwischen eineinhalb und zwei Jahren haben. Das ging aus den Analysen der Lackspuren hervor. Es wurden keine Rostspuren festgestellt, die vom Wagen auf das Fahrrad übertragen wurden.
Durch die Verziehungen, die am Fahrrad festgestellt werden konnten, errechnet sich die Aufschlaggeschwindigkeit auf etwa 25 bis 30 Meilen in der Stunde.«

Egan klappte den Aktendeckel des Hefters zu.
»War's das?«, wollte Doyle wissen.
»Fürs Erste ja.«
»Ich danke Ihnen. Dr. Simpson, bitte.«
Die Chefärztin der Abteilung IV der Gerichtsmedizin schlug einen Aktendeckel auf, der mit einer Nummer beschriftet war.
»Der medizinische Bericht. Dr. Taylor war bereits bei Ihnen und hat Ihnen persönlich einiges erläutert, deshalb werde ich mich auf ein paar Bemerkungen beschränken.
Der Aufschlag muß ziemlich stark gewesen sein, insofern kann auch ich den 25 bis 30 Meilen pro Stunde zustimmen. Das Opfer hat erhebliche Verletzungen davongetragen.
Wir haben festgestellt, daß es auf der rechten Seite - aus der Perspektive des Opfers gesprochen - mehrere Knochenbrüche an Armen und Beinen sowie zwei Rippen gegeben hat. Wir schließen daraus, daß der Wagen von rechts kam. Leichte Verletzungen am Kopf. Er kann nicht allzu stark mit dem Kopf auf die Straße aufgeschlagen sein. Mehrere Prellungen. Eine der gebrochenen Rippe hatte das Lungenfell durchstochen. Wir konnten auch mehrere innere Blutungen feststellen sowie einen einfachen Bruch beim linken Bein.
Eine wichtige Rolle bei der Todesursache ist die Kälte. Der Mann war nicht in der Lage, zu gehen, und starb sowohl an seinen inneren Blutungen als auch durch die Kälte.«
Für einen Moment fröstelte Doyle und er erschrak zugleich darüber, wie selbstverständlich er diese Berichte entgegennehmen konnte.
»Mr. Briggs, bitte«, sagte er dann.
»Wir haben Fingerabdrücke von drei verschiedenen Personen gefunden. Die Fingerabdrücke des Toten liegen inzwischen vor. Sie waren am häufigsten auf dem Fahrrad. Wie ich von dem Polizisten Stover erfahren habe, hat die Schwester des Toten das Fahrrad auch des

Öfteren benutzt.«
»Danach hat er gefragt?«, warf Doyle ein.
»Auf meine Veranlassung hin, ja«, erwiderte Briggs.
Sergeant Doyle machte sich eine Notiz.
»Hat sie den Toten schon identifiziert?«
Dr. Simpson nickte.
»Fahren Sie fort, Mr. Briggs.«
»Die dritten Fingerabdrücke sind die interessantesten. Sie sind in einer Formation, die entstehen würde, wenn jemand das Fahrrad trägt und dann über ein Hindernis hebt. Wir schließen daraus, daß es die Fingerabdrücke des Unfallgegners sind.«
Sergeant Doyle blickte nachdenklich auf einen Kugelschreiber, der vor ihm lag.
»Der Mann hat das Fahrrad einfach so genommen und ins Gebüsch geworfen.«
»So sieht es aus. Die Fingerabdrücke legen das nahe. Nun komme ich zu dem Zettel, den unsere Leute am Fundort der Leiche gefunden haben, und dem Kugelschreiber. Auf dem Kugelschreiber befinden sich nur die Fingerabdrücke des Toten. Der Zettel wurde eindeutig mit eben diesem Kugelschreiber geschrieben. Die Schriftexperten unserer Abteilung haben inzwischen den Brief und weiteres Schriftgut, das wir von der Schwester des Toten erhalten haben, analysiert und sind zu dem Schluß gekommen, daß das Unfallopfer den Zettel geschrieben haben muß.«
»Ich bat Dr. Taylor festzustellen, wie zuverlässig dies möglich ist. Hat er sich schon dazu geäußert?«
»Ja, wir haben darüber diskutiert«, antwortete Dr. Simpson. »Das kann man nicht genau sagen. Wenn wir voraussetzen, daß das Opfer zu dem Zeitpunkt, zu dem es vom Wagen weggeschleift wurde, noch bei Bewußtsein und in der Lage war, sich die Nummer zu merken, könnte diese Information zutreffend sein. Es kann natürlich sein, daß er sich einen Buchstaben oder eine Zahl falsch gemerkt und dann auch falsch notiert hat. Wir können nicht genau beurteilen, wie seine bewußt-

seinsmäßige Verfassung direkt nach dem Unfall war, und so können wir es nur vermuten. Wenn wir davon ausgehen, daß der Mann durch den Aufschlag einen Schock hatte, dürfte er nicht einmal in der Lage gewesen sein, überhaupt einen Zettel zu schreiben.«
»Der Zettel liegt aber eindeutig vor.«
»Nun gut. Sie sollten aber besser Ihre Beweisführung nicht zu sehr auf diesen Zettel stützen.«
»Das Einfachste dürfte sein, den Besitzer dieses Wagens zu ermitteln und nachzusehen, wie der Wagen aussieht«, warf Briggs ein. »Dabei dürfte insbesondere von Interesse sein, ob die Farbe stimmt, denn wenn der Schaden am Wagen nicht zu groß war, könnte der Täter ihn schon behoben haben, sofern er entweder technisch selbst versiert ist oder über entsprechende Freunde verfügt.«
Doyle warf einen kurzen Blick auf eine Notiz, die ihm sein Kollege Perry kurz vor der Konferenz noch zugesteckt hatte.
»Der Bericht von der Zulassungsstelle wird voraussichtlich heute abend zugehen. Die arbeiten heute mit halber Besetzung.«
»Gut«, sagte Briggs. »Nun will ich noch eine Anmerkung zum Tempo machen. Meine Abteilung teilt die Auffassung, daß der Wagen eine Geschwindigkeit von 25 bis 30 Meilen in der Stunde gehabt haben muß. Leider stehen uns nur die Analysen des Fahrrades und des Leichenbeschauers zur Verfügung und nicht der Wagen selbst. Wir haben auch auf der Straße keine wesentlichen Spuren finden können, denn sie muß zum Zeitpunkt des Unfalls von einer kompakten Schneedecke bedeckt gewesen sein.
Es ist sehr wahrscheinlich, daß der Wagen - vom Radfahrer aus gesehen - von rechts kam. Wann er den Radfahrer erkannt hat, läßt sich nicht sagen.
Nehmen wir an, der Wagen kam von der Stoppstraße, dann wird er das Stoppschild erkannt haben und schon vor der Kreuzung auf die Bremse getreten sein. Ob es

verantwortlich war, bei dem Wetter überhaupt sein solches Tempo zu fahren, sei dahingestellt. Jedenfalls kam der Wagen ins Schleudern und erfaßte den Radfahrer mit der Seite. Dabei wurde er auf die Motorhaube gehoben und seitlich heruntergeworfen.«
»Die vorliegenden Analysen lassen aber auch den Schluß zu, daß der Wagen frontal auf den Radfahrer aufgefahren ist«, warf Egan ein. »Daß er auf die Motorhaube aufgeladen worden sein könnte, spricht eher dafür, daß der Wagen frontal auf den Radfahrer gefahren ist. In dem Fall könnte der Fahrer mit ca. 25 Meilen in der Stunde die Straße entlang gefahren sein, dachte, daß er alleine sei, bremste nicht ab und bemerkte den Radfahrer erst, als dieser auf seinem Kühler thronte.«
»Sicher ist, daß der Wagen den Radfahrer seitlich erfaßt hat«, erwiderte Briggs. »Daran kann überhaupt kein Zweifel bestehen. Die Menge der Lackspuren läßt keinen anderen Schluß zu.«
»Es gibt Autos, die so konstruiert sind, daß auch bei einem Frontalzusammenstoß viel Lack übertragen werden kann.«
»Die wenigsten Autos übertragen bei einem Frontalzusammenstoß eine solche Menge Lack. Daher können wir mit großer Sicherheit annehmen, daß der Wagen schleuderte.«
»Mit Sicherheit bestimmt nicht.«
Doyle machte sich ein paar Notizen.
»Ich möchte Sie bitten, diese Details jetzt nicht weiter zu diskutieren«, sagte er dann. »Wenn wir das Fahrzeug haben, werden wir sicher auch diese Frage beantworten können. Fahren Sie fort, Mr. Briggs.«
»Nachdem es meiner Auffassung nach wahrscheinlicher ist, daß der Radfahrer vom Kotflügel getroffen wurde, will ich an dieser Stelle fortfahren. Der Wagen drehte sich also vermutlich und wird diese Bewegung auch nach dem Aufschlag fortgesetzt haben, bis er zum Stillstand kam. Dies dürfte, trotz der hohen Geschwindigkeit, noch auf der Kreuzung der Fall gewesen sein. Hier-

bei müssen wir die Drehbewegung berücksichtigen. Nehmen wir eine Geschwindigkeit von 25 Meilen in der Stunde an, dürfte die eigentliche Vorwärtsbewegung des Wagens zwischen 15 und 20 Meilen pro Stunde gelegen haben.«
»Dem kann ich zustimmen«, warf Egan ein.
»Er hatte also, bedingt durch die Drehung, eine höhere Geschwindigkeit. Wir haben die Schneeproben ins Labor gegeben. Die Ergebnisse dürfte Dr. Simpson haben.«
»Die Proben stimmen mit dem Blut des Unfallopfers überein«, erklärte Dr. Simpson.
Sergeant Doyle klappte sein Notizbuch zu.
»Das war zu erwarten.«
»Weiter.«
Briggs hob seine Schultern.
»Das war's.«
»Kann man denn sagen, aus welche Richtung der Unfallfahrer kam?«, wollte Doyle wissen.
»Ja«, sagte Egan. »Mr. Briggs und ich sind uns einig, daß der Fahrer, wie bereits von Mr. Briggs ausgeführt, von der Stoppstraße gekommen sein muß. Zum einen deuten die Blutspuren darauf hin, daß der Unfall an der Straßenecke, an der der Schneepflug den blutigen Schnee aufgeschaufelt hat, stattgefunden hat. Das ist auch angesichts der Tat plausibel. Der Autofahrer fuhr auf der Burton Road in Richtung Innenstadt. An der Layer Street hätte er anhalten und dem Querverkehr Vorfahrt einräumen müssen. Vermutlich war er so spät unterwegs, daß er nicht mit Verkehr, insbesondere nicht mit einem Radfahrer rechnete. Er sah ihn zu spät und dann passierte der Unfall.«
»Wohin würde der Radfahrer gefahren sein?«
»Er kam aus Stadt und fuhr in Richtung des Wohngebietes«, antwortete Briggs. »Wir haben inzwischen herausgefunden, daß er dort wohnte.«
»Es erscheint zunächst ungewöhnlich, bei dem Wetter mit dem Rad zu fahren«, sagte Doyle. »Ich habe inzwischen die Schwester benachrichtigt, die vom Opfer aus

gesehen am anderen Ende der Stadt wohnt. Mr. Browne hat in einer Eisenwarenfabrik als Verpacker gearbeitet. Er konnte sich kein Auto leisten und hatte auch kein Telephon. Deshalb schrieben er und seine Schwester einander, wenn etwas anlag. Deshalb war bei diesem Wetter mit dem Fahrrad unterwegs.«

»Der arme Mann«, murmelte Dr. Simpson. »Er stand ohnehin nicht gerade auf der Sonnenseite des Lebens und dann noch so ein Tod.«

Eine bedrückte Stimmung machte sich in dem Raum breit und es traten einige betretene Schweigeminuten ein.

»Hat sonst noch jemand etwas?«, fragte Doyle schließlich und erntete allgemeines Kopfschütteln.

»Ich danke Ihnen, meine Damen und Herren.«

Die Sachverständigen packten ihre Sachen wieder zusammen. Dann verließen sie den Konferenzraum. Doyle blieb noch eine Zeitlang sitzen und blätterte in seinen Notizen. Wer immer auch den Radfahrer überfahren hatte dürfte ein reichlich skrupelloser Mensch sein, überlegte er und verließ schließlich auch den Konferenzraum.

4.

Mit einem Blick in seine Ablage überzeugte sich Sergeant Doyle, ob bereits eine Nachricht von der Zulassungsstelle über den Besitzer des Wagens vorlag, doch die Ablage war leer. Er hoffte darauf, daß der Unfallfahrer den Schaden an seinem Wagen nicht selbst reparieren konnte. Sollte er den Wagen zur Werkstatt bringen wollen, konnte er das frühestens am morgigen Tag machen, wenn er nicht, wie Briggs gesagt hatte, über Freunde bei einer Werkstatt verfügte.

Auf dem Dienstplan las Sergeant Doyle nach, daß sein Dienst am nächsten Morgen um 8:00 Uhr begann. Für den heutigen Tag sah er seinem baldigen Feierabend entgegen und sein Kollege John Warren würde ihn ablösen. So notierte Doyle ein paar Dinge auf einem Zettel, als die Tür aufging und Sergeant Warren das Büro betrat.

»Hallo Brendan«, sagte er. »Frohes neues Jahr.«

»Ebenso, John«, erwiderte Doyle.

»Und? Wie war der erste Tag im neuen Jahr?«

»Nunja. Wir haben einen Unfall mit Fahrerflucht. Ein Fahrradfahrer wurde auf einer Kreuzung angefahren. Anstatt nun die Polizei zu holen, hat der Autofahrer den Radfahrer ins Gebüsch geschleift und dort liegengelassen.«

Warren schüttelte kurz seinen Kopf.

»Gräßlich. Habt ihr schon einen Hinweis, wer es war?«

»Ja. Der Fahrradfahrer konnte offenbar die Autonummer aufschreiben bevor er starb. Ich habe sie bereits zur Überprüfung weitergereicht, warte aber noch auf das Ergebnis.«

Sergeant Warren las sich die Notizen seines Kollegen durch.

»Hast du schon mit der Verkehrsabteilung gesprochen?«

»Ja, gleich nachdem mir Briggs die Autonummer gegeben hat. Die wissen Bescheid, der fällt in unsere Zuständigkeit. Wenn der Fahrer ermittelt werden kann, wird er wegen Mordes vor Gericht gestellt.«

»Hoffentlich finden wir ihn. Es wäre mir unangenehm, wenn er davonkommen würde.«

»Das sehe ich auch so. Vielleicht warte ich einfach noch ein wenig bis die Mitteilung aus der Zulassungsstelle kommt.«

»Wenn sie heute noch kommt. Es ist Feiertag und da arbeiten sie mit halber Besetzung.«

»Ja, das weiß ich.«

»Ich mache dir einen Vorschlag: Wenn die Nummer kommt, rufe ich dich zu Hause an und teile dir mit, wem der Wagen gehört. Allerdings glaube ich eher, daß sie erst morgen früh kommen wird.«

»Da hast du vermutlich recht. Dann wünsche ich dir noch einen ruhigen Dienst. Wir sehen uns morgen früh.«
»Mach's gut. Und fahr' vorsichtig. Es ist glatt draußen.«
»Ach so?«, erwiderte Doyle mit einem leichten Grinsen im Gehen.
Er fuhr mit dem Fahrstuhl ins Erdgeschoß hinab und verließ das Gebäude. Auf dem Polizeiparkplatz lief er langsam in die Richtung der Stellplätze, auf denen die Privatfahrzeuge der Polizisten abgestellt waren. Mit seinem Wagen fuhr er dann dem Wetter entsprechend vorsichtig in Richtung Nordrand der Stadt.
Dort wohnte er in einer kleinen Wohnung im dritten Stockwerk eines neunstöckigen Mietshauses. Sie hatte ein Wohnzimmer, ein kleines Schlafzimmer, eine kleine Küche und ein kleines Bad. Zwischen dem Wohnraum und dem Bad war noch ein kleiner Flur, über den er die Wohnung betrat.
Sergeant Doyle hängte seinen Mantel an einen Garderobenständer, ging in seine Küche und setzte Milch auf, um sich Kakao aufzugießen. Auf dem Flur füllte er den Trinknapf seiner Katze mit der restlichen Milch aus der Flasche auf. Dann ließ er sich in seinen Sessel vor dem Fernseher sinken und schaltete diesen ein.
Von den Nachrichten bekam Doyle nur noch den Wetterbericht mit. Er hob seine Schultern und guckte ein wenig Werbung. Dann ging er in die Küche, um sich seinen Kakao aufzugießen. Mit der Tasse setzte er sich wieder vor den Fernseher und blätterte durch die Programme. Als er auf nichts stieß, was ihm gefiel, schaltete er den Fernseher ab und ein Tonband mit Musik ein.
Seine schwarz-grau getigerte Katze kam aus dem Schlafzimmer, strich an seinen Hosenbeinen vorbei und sprang auf seinen Schoß. Dort rollte sie sich zusammen und schlummerte ein, während er sie gedankenabwesend kraulte.
Er dachte über den Unfall nach. Was muß in einem

Menschen vorgehen, der einen anderen so kaltblütig dem Tod ausliefert, überlegte er und konnte sich die Frage nicht beantworten.
Sergeant Doyle schloß seine Augen. Er hoffte, daß die Angelegenheit sich am nächsten Tag erledigen würde, wenn der Besitzer des Wagens ermittelt würde, zu dem das Kennzeichen gehörte.
Doyle öffnete seine Augen wieder und begann, seinen Kakao zu schlürfen. Dabei warf er einen Blick auf einen Stapel Tageszeitungen, die in einer Ecke standen. Es wäre mal wieder Zeit, einige davon wegzuwerfen, überlegte er. Auf der anderen Seite hatte er keine Lust dazu und beschloß, sie noch eine Zeitlang aufzuheben.
Doyle legte seine Katze sanft auf sein kleines Sofa und ging wieder in die Küche um sich ein kleines Abendessen zu bereiten. Anschließend telephonierte er noch eine Zeitlang mit einer guten Freundin und kehrte dann in die Küche zurück, um sich eine weitere Tasse Kakao zu machen.
Er war unruhig und unzufrieden, weil der Besitzer des Kennzeichens nicht vor dem nächsten Tag ermittelt werden konnte. Wäre dieser Unfall irgendwann in der Mitte der nachfolgenden Woche geschehen, hätte Doyle den Besitzer des Unfallwagens schon am frühen Nachmittag befragen können. Nach Silvester und den Feiertagen dauerte dies seine Zeit. Sicher würde das Ergebnis erst gegen Mittag des nächsten Tages vorliegen, überlegte Doyle.
Zudem machte er sich über die schlechte Besetzung Gedanken. Er würde nicht viel Zeit haben, an dem Fall zu arbeiten, wenn viel los war. Auch machte er sich keine Illusionen. Seine Erfahrung der vergangenen Jahre lehrten ihn, daß am Tag nach Neujahr eine ganze Reihe von Einsätzen folgte. Der Mord hatte zwar Vorrang vor vielem, durfte jedoch nicht seine ganze Zeit einnehmen.
Sergeant Doyle beobachtete, wie die Milch aufkochte und goß seine zweite Tasse Kakao auf. Er rührte den

Kakao hinein und brachte die Tasse ins Wohnzimmer. Seine Katze schlief nun friedlich auf dem Sofa. Er schaltete den Fernseher wieder ein um Nachrichten zu sehen. Dabei überlegte er, ob er seine Pressemitteilung nicht zu sparsam verfaßt hatte. Auf der anderen Seite konnte er ja noch immer Informationen nachliefern, wenn es an der Zeit war.
Lieutenant Towers war in Urlaub, und somit mußte sich Doyle nicht dafür rechtfertigen, kaum relevante Informationen an die Medien weitergegeben zu haben.
Dennoch konnte Towers unangenehm werden, das wußte Doyle. Lieutenant Towers hatte die Angewohnheit, mit jeder Kleinigkeit sofort an die Presse zu gehen. Daß dies Ausdruck der in der Abteilung einmaligen Eitelkeit des Lieutenants war, wußte jeder der unter ihm arbeitete. Sergeant Doyle war überzeugt, daß es stimmte, daß Towers jedes Photo von sich in der Zeitung sammelte, und es waren nicht wenige.
Doyle rümpfte seine Nase und schlürfte etwas Kakao um die Gedanken an den selbstgefälligen Vorgesetzten herunterzuspülen. Sicher würde er es ihm nie verzeihen, daß er die Meldung einen Tag lang zurückgehalten hatte.
»Schlechte Arbeit, Sergeant«, sagte Doyle zu sich selbst, woraufhin seine Katze erschreckt aus dem Schlaf erwachte und aufblickte. »Sie wissen doch, wie wichtig es ist, daß die Öffentlichkeit sofort über alle Details informiert wird, damit sich so schnell wie möglich Zeugen finden.«
Doyle lächelte seine Katze an und streichelte ihr über den Kopf. Er war schon gespannt auf den Zeugen, der in der Silvesternacht in einer wohlhabenden Wohngegend Autofahrer beobachtet, die angefahrene Radfahrer in Gebüsche schleiften. Sicher gab es einen solchen Zeugen nicht.
Sergeant Doyle schloß wieder seine Augen. Vielleicht würde er ja im Sessel einschlafen und erst morgen direkt vor Dienstbeginn aufwachen. Das, allerdings, so

überlegte er, würde vermutlich mal wieder Rückenschmerzen nach sich ziehen. So überwand er sich am Abend doch noch, in sein Bett zu gehen. Seine Katze folgte ihm und legte sich in ihr Körbchen, welches nahe der Heizung stand. Nachdem Doyle das Licht ausgemacht hatte hörte er noch, wie seine Katze auf den Flur schlich um noch etwas Milch zu trinken. Im Halbschlaf hört er noch, wie die Katze offenbar ihre Krallen mal im Wohnzimmer am Sofa schärfte.
»Laß das«, murmelte er und schlief ein.

5.

Am folgenden Morgen wieder im Büro angekommen mußte Doyle feststellen, daß die Mitteilung über den Besitzer des Unfallwagens noch nicht in seinem Postfach lag. Nach einem kurzen Gespräch mit seinem Kollegen Warren verließ jener das Büro, woraufhin Doyle sich in den Sessel hinter seinem Schreibtisch setzte. Gleich darauf klingelte sein Telephon.
»Doyle«, meldete er sich. Die Zentrale teilte ihm mit, daß in einer Wohnung im Westviertel der Stadt ein Mord geschehen sein sollte. Eine mobile Einheit sei schon auf dem Weg dort hin, hieß es am Telephon, jedoch ohne einen Polizeioffizier, der im Zweifel dort Entscheidungen treffen konnte.
Er legte den Hörer auf und zog seinen Mantel über. Das ging heiter los, dachte er. Vermutlich war dies der Beginn einer Reise, die den ganzen Tag dauern würde, denn für Außeneinsätze würde er heute zuständig sein und somit nicht viel Zeit haben, sich um den Fall des toten Radfahrers zu kümmern.
Doyle fuhr mit seinem Dienstwagen, das über ein Blaulicht verfügte, welches er jedoch nicht einschaltete, zum Ort des Geschehens. Als er dort ankam, standen bereits zwei Polizeiwagen vor dem Haus.
»Was ist denn das?«, brummte er und betrat das Ge-

bäude durch die offene Haustür.
In der ersten Etage warteten vier Polizisten und zwei Personen in Zivil: Eine ältere Frau und ein älterer Mann, die nach Doyles Vermutung verheiratet waren und aus der Wohnung kamen, deren Tür zum Flur offen stand.
Die Polizisten und das Ehepaar standen vor der verschlossenen Tür der Wohnung gegenüber. Doyle betrachtete die Polizisten mißmutig und zeigte seinen Dienstausweis vor.
»Sergeant Doyle vom Revier Innenstadt Nord, Dienststelle 24«, stellte er sich vor. »Das reicht ja für einen Staatsempfang. Hätte nicht eine Mannschaft erst mal gereicht?«
Die Polizisten hoben ihre Schultern.
»Das hat sich so ergeben«, erwiderte einer der Polizisten.
»Wie ist Ihr Name?«
»Clarke.«
»Nehmen Sie Ihren Partner, Clarke, und gehen Sie wieder auf Streife. Vier Polizisten! Ich sehe wohl verkehrt!«
Clarke und einer der anderen Polizisten hoben ihre Schultern und stiegen die Treppen wieder hinunter ins Erdgeschoß. Das ältere Ehepaar betrachtete Sergeant Doyle mißbilligend. Dieser holte seinen Polizeiausweis nochmals hervor und zeigte ihn dem Ehepaar.
»Kriminalpolizei«, sagte er. dabei. »Hier soll ein Mord geschehen sein?«
»Ja«, erwiderte der ältere Mann. »In dieser Wohnung.«
Sergeant Doyle drückte auf den Klingelknopf neben der Wohnungstür.
»Das haben wir auch schon versucht«, sagte einer der beiden Polizisten. »Da öffnet niemand.«
»Es untergräbt doch hoffentlich nicht Ihr Selbstbewußtsein, wenn ich es trotzdem selbst noch einmal versuche?«
»Durchaus nicht, Sir.«

Ein Mann, der mit einem grauen Mantel bekleidet war und einen Arztkoffer in der rechten Hand trug, stieg die Treppen hinauf und blieb bei dem älteren Ehepaar stehen. Sergeant Doyle wandte sich langsam dem Mann zu.
»Sie sind doch hoffentlich nicht der diensthabende Gerichtsmediziner?!?«
»Der bin ich. Robert Flowers. Und wer sind Sie?«
Sergeant Doyle zeigte erneut seinen Dienstausweis vor und betrachtete die beiden Polizisten.
»Haben Sie auch schon die Beerdigung arrangiert?«
»Äh... Sir...«
»Welchen Grund hatten Sie, den Gerichtsmediziner zu benachrichtigen?«
»Es ist ein Mord gemeldet worden.«
»So ist es. Sie kennen die Richtlinien. An Tagen wie dem heutigen jagt man den Gerichtsmediziner nicht gleich zum mutmaßlichen Tatort. Sie wissen ganz genau, daß auch dort nur mit halber Besetzung gearbeitet wird. Von welcher Abteilung sind Sie?«
»Südwest 18.«
Doyle notierte sich die Abteilung.
»Ich muß mal mit Ihrem Sergeant reden. Wer ist es?«
»Sergeant William Crawford.«
»Das erklärt Vieles, entschuldigt aber nur Weniges.«, knurrte Doyle. Der Gerichtsmediziner zeigte ein leichtes Lächeln. Doyle wandte sich an das ältere Ehepaar.
»Gehe ich recht in der Annahme, daß Sie den Mord gemeldet haben?«
»Es wurde ja auch langsam Zeit, daß Sie sich mit dem Mord befassen«, erwiderte der Mann. Doyle seufzte.
»Also haben Sie den Mord gemeldet. Welchen Anlaß haben Sie, an Mord zu glauben? Haben Sie Schüsse gehört?«
»Nein.«
»Aber es hat jemand geschrien?«
»Auch nicht.«
»Geröchelt?«
»Nein.«

»Sondern?«
»Wir haben von Mr. Shakleby seit vier Tagen nichts mehr gehört.«
Doyle betrachtete zunächst den Mann, dann die Frau und schließlich den Gerichtsmediziner, der seine Schultern hob.
»Vier Tage schon?«, fragte Doyle.
»Vier Tage«, bekräftigte der Mann.
»Wir befinden uns mitten in den Feiertagen«, entgegnete Doyle. »Ich habe von meinen Nachbarn schon seit zwei Wochen nichts mehr gehört und denke dennoch nicht an Mord. Vermutlich ist Ihr Nachbar zu Verwandten gefahren oder sonstwo hin.«
»Mr. Shakleby hatte keine Verwandten, die er besuchen konnte«, sagte die Frau.
»Vielleicht ist er woanders hingefahren?«
»Wo sollte ein 80jähriger Mann hinfahren?«
»Woher soll ich das wissen?«
Doyle klingelte erneut an der Wohnungstür. Wieder erfolgte keine Reaktion.
»Zum Klingeln brauchen wir keine Polizei«, sagte die Frau leicht verärgert. »Brechen Sie die Tür auf und sehen Sie nach, was Mr. Shakleby passiert ist.«
Sergeant Doyle betrachtete die Tür von oben bis unten.
»Die Tür aufbrechen?«, fragte er, auf diese deutend.
»Deshalb haben wir sie gerufen«, sagte die ältere Frau.
Die Polizisten hoben ihre Schultern.
»Das kann ich nicht«, entgegnete Doyle. »Da muß erst mal eine Vermißtenanzeige aufgegeben werden und der Staatsanwalt muß seine Erlaubnis erteilen. Denn von Gefahr in Verzug ist hier nichts zu sehen.«
»Und der Mörder entkommt«, sagte die Frau.
»Wenn der Mord schon vier Tage zurück liegt, kann der sich Mörder bereits ins Ausland abgesetzt haben.«
Der Gerichtsmediziner hatte seine Tasche inzwischen auf dem Flur abgestellt und beobachtete, wie auch die Polizisten, die Szenerie.
Doyle haßte solche Situationen. Alle sahen ihn an und

erwarteten von ihm, daß er eine Entscheidung traf, die er nicht treffen durfte.

»Ich habe keinen Grund, die Tür aufzubrechen«, bekräftigte er gegenüber dem Ehepaar. »Sie haben nicht einmal Schüsse oder so etwas gehört. Es gibt keine Veranlassung, an einen Mord zu glauben. Haben Sie denn keinen Zweitschlüssel?«

»Den hätte er uns gegeben, wenn er verreist wäre«, sagte die Frau. »Außerdem hätten wir dann schon selbst nachgesehen.«

Doyle hob seine Schultern.

»Was Sie sagen, ist noch immer kein Beweis, daß der Mann ermordet wurde.«

»In seinem Briefkasten häuft sich die Reklame.«

»Na und?«

»Und seine Milch hat er auch nicht hereingeholt.«

»Wenn er die Milch hereingeholt hätte, hätte er auch den Briefkasten leeren können. Das beweist nicht, daß er tot ist. Vielleicht ist er auch einfach nur etwas verkalkt und hat vor seiner Abreise vergessen, die Milch hereinzuholen oder den Milchmann abzubestellen? Vielleicht hat er schlicht nicht daran gedacht, Ihnen den Zweitschlüssel zu geben.«

»Mr. Shakleby war bei vollem Verstand«, entgegnete der Mann. Doyle warf einen hilfesuchenden Blick zum Gerichtsmediziner, der jedoch keine Regung zeigte.

»Verstehen Sie mich bitte nicht falsch«, beschwor Doyle das Ehepaar. »Ich sage Ihnen das alles hier nicht, weil ich mich davor drücken möchte, die Tür zu öffnen. Ich kann nicht einfach die Tür einer Wohnung öffnen lassen, nur weil die Nachbarn behaupten, es sei notwendig ohne einen Anhaltspunkt zu haben. Da könnte dann jeder behaupten, bei dem Nachbarn sei etwas nicht in Ordnung und wir würden von Haus zu Haus fahren und am Ende wegen Überschreitung unserer Kompetenzen eine neue Tür nach der anderen bezahlen müssen.«

Zumindest der Ehemann schien ein wenig Einsehen zu

haben.

»Ja, Sergeant, ich verstehe das schon, aber...«

»Du willst ihm das doch nicht durchgehen lassen!«, fuhr seine Frau ihn in dem Moment an. »Wir kennen Mr. Shakleby schon seit dreißig Jahren, und er hat noch nie vergessen uns seinen Schlüssel zu geben, wenn er weggefahren ist. Er ist auch nicht verkalkt! Er ist bei vollem Verstand. Wenn er nicht öffnet, ist ihm etwas passiert.«

»Er kann natürlich auch ohne Mord gestorben sein«, warf der Gerichtsmediziner ein.

»Also gut«, sagte Doyle schließlich mit einer resignierenden Handbewegung. »Wenn es Sie so glücklich macht, werde ich die Wohnung öffnen lassen. Wo ist der Hausmeister?«

»Verreist«, antwortete der Mann.

»Brechen Sie die Tür auf«, wies Sergeant Doyle einen der Polizisten an.

»Womit?«, fragte dieser.

Doyle betrachtete die Polizisten mit vernichtenden Blicken.

»Was heißt »womit«? Sie haben doch wohl ein Brecheisen im Wagen?!?«

Die Polizisten sahen einander an. Der Gerichtsmediziner schüttelte leicht seinen Kopf. Sergeant Doyle warf einen Blick auf den Türrahmen.

»Gut«, sagte er dann zu einem der beiden Polizisten. »Geben Sie mir Ihre Essenskarte.«

»Meine?«, fragte der Polizist erstaunt zurück.

»Ja, wessen sonst?«

Der Polizist gab dem Sergeant zögernd eine Lochkarte, mit der dieser zwischen Tür und Rahmen entlang fuhr. Wie Doyle schon vermutet hatte, war das Schloß nicht besonders sicher und sprang sofort auf. Sergeant Doyle gab dem Polizisten die verknickte und eingerissene Karte zurück.

»Sollte mich wundern, wenn der Automat sie noch annimmt. Sie werden eine neue brauchen.«

Daraufhin betrat er die Wohnung, gefolgt von den Polizisten, dem Gerichtsmediziner und dem Ehepaar.
»Sie bleiben draußen«, sagte Doyle mit ruhiger Stimme zu dem Ehepaar. »Ich kann es Ihnen leider nicht erlauben, mit in die Wohnung zu kommen.«
Das Ehepaar kehrte, ohne zu widersprechen, auf den Hausflur zurück und Doyle schloß die Wohnungstür.
»Ich werde mich mal mit Ihrem Vorgesetzten unterhalten«, sagte er zu den Polizisten. »Sie rücken mit einer Ehrengarde an, holen den Gerichtsmediziner aus dem Bereitschaftsdienst und haben kein Brecheisen.«
Die Türen zum Flur waren alle geschlossen. Doyle öffnete die erste von ihnen. Dahinter lag die Küche, in der unter anderem ein laut surrender Kühlschrank, sowie ein Herd, eine Spüle und ein Tisch mit zwei Stühlen standen. Doyle schloß die Tür wieder.
»Alle Türen hat er geschlossen. Er bestimmt weggefahren. Hoffentlich hat der Mann Humor und reicht keine Beschwerde gegen uns ein.«
Doyle öffnete die nächste Tür. Sie führte ins Bad.
»Unglaublich. Sollte dieser Mann nicht verkalkt sein - die da draußen sind es bestimmt!«
Der Gerichtsmediziner zeigte ein leichtes Lächeln.
»Wo haben Sie Ihre gute Laune her, Sergeant?«, wollte er wissen.
»Von Alpträumen wie diesem!«
Doyle öffnete die nächste Tür. Sie führte ins Wohnzimmer, das bescheiden eingerichtet war. Es enthielt ein paar einfache Schränke, eine billige Polstergarnitur und einen Tisch. Auf dem Boden vor dem Tisch lag ein alter Mann. Doyle betrat das Zimmer, gefolgt von dem Gerichtsmediziner, der sich sofort neben den Mann hockte. Die beiden Polizisten blieben auf dem Flur vor der offenen Wohnzimmertür stehen.
Auf dem Tisch stand ein Teller, der eine grünliche Suppe enthielt, in der einige aufgeweichte Bohnen schwammen. In seiner rechten Hand hielt der Tote noch einen Eßlöffel und vor ihm lagen ein paar Bohnen

auf dem Boden.
»Er ist tot«, stellte der Gerichtsmediziner fest.
»Schon lange?«
»Einen Tag, oder so.«
»Und was halten Sie für den Grund? Die Suppe?«
»Das halte ich für unwahrscheinlich«, erwiderte der Mediziner. »In einem Alter von 80 Jahren soll es gelegentlich vorkommen, daß jemand stirbt.«
»Jetzt, wo Sie es sagen...«, brummte Doyle.
»Ich werde eine Autopsie veranlassen, aber nach meinem Gefühl dürfte der Mann eines natürlichen Todes gestorben sein.«
»Und was sagt Ihr Gefühl hierzu?«
Doyle reichte dem Mediziner eine Tablettenschachtel, die auf dem Tisch lag. Der Mediziner betrachtete sie kurz.
»Sieht so aus, als habe der Mann eine Herzschwäche«, erwiderte er. »Das könnte den Tod erklären. Aber, wie gesagt, ich werde eine Autopsie veranlassen, damit wir sicher sind.«
»Ja, tun Sie das. Ich werde mal dafür sorgen, daß der Tote abgeholt wird.«
Doyle verließ das Zimmer. Auf dem Flur stand ein Telephon auf einer kleinen Kommode. Doyle nahm den Hörer des Telephons ab.
»Verbinden Sie mich mit dem Notdienst.«
Zu einem Polizisten gewandt sagte er dann:
»Und Sie können inzwischen mal auf den Flur gehen und den Herrschaften schonend beibringen, daß Ihr Nachbar verstorben ist.«

6.

Wieder in seinem Büro machte sich Sergeant Doyle zunächst eine Notiz, sich mit Sergeant Crawford in Verbindung zu setzen und sah dann in seinem Postkasten nach. Die Notiz mit dem Besitzer des Unfallwagens war endlich von der Zulassungsstelle angekommen. Doyle las den Namen William D. Hunter und schloß für ein paar Sekunden seine Augen.
»Das kann doch nur ein Irrtum sein«, murmelte er und öffnete seine Augen wieder. Der Name stand nach wie vor auf der Notiz. In die Kopfzeile der Mitteilung waren sein Namen und die Nummer seines Büros eingetragen.
Doyle nahm den Hörer seines Telephons ab.
»Geben Sie mir die Zulassungsstelle«, sagte er zu der Telephonistin, die sich am anderen Ende meldete und wartete eine Zeitlang.
»Sergeant Doyle, Kriminalpolizei«, erwiderte er, als sich die Zulassungsstelle meldete, »ich habe bei Ihnen eine Autonummer prüfen lassen. 288 ZNI. Können Sie mir eventuell die Information noch einmal bestätigen?«
Doyle wartete in der Leitung, während der Mann am anderen Ende die Nachfrage weitergab. Kurze Zeit später erfuhr er, daß noch einmal in der Kartei nachgesehen würde, jedoch ein Rückruf erfolgen würde, sobald die Information da sei. Doyle gab seine Durchwahl an den Mann von der Zulassungsstelle und legte den Hörer auf. Er stand hinter seinem Schreibtisch auf und trat an eines der drei Fenster, die das Büro in den Hinterhof des Gebäudes hatte.
Quer über den Hof führten die Spuren einiger Tiere und auch ein paar wenige von Menschen. Sergeant Doyle beobachtete, wie eine weiße Katze mit schwarzen Flecken über den Hof schlich, neben einem Baum stehenblieb und sich vorsichtig umsah. Dann folgte sie weiter einem unsichtbaren Pfad, der sie zu den Kellerfenstern führte, von denen eines stets offenstand, auch im Win-

ter.
Er war noch nie im Heizungskeller im Gebäude gewesen, hatte allerdings von anderen gehört, daß dort des öfteren Katzen herumschlichen, weil der Hausmeister Katzenfreund war, und die Tiere neben der Wärme der Heizungsanlage dort in der Regel auch einen Napf mit Milch und einen weiteren mit Katzenfutter vorfanden. So verschwand auch diese Katze in einem offenen Kellerfenster.
Leichter Schneefall setzte ein, und Sergeant Doyles Gedanken schweiften um das Weihnachtsfest, das er bei seiner Familie in Minnesota verbracht hatte. Es gehörte zur Familientradition, daß zu Weihnachten die gesamte Familie bei den Eltern in Minneapolis erschien.
Der Sergeant fuhr erschreckt zusammen, als das Telephon klingelte. Sein Blick fiel auf die Karte, die er von der Zulassungsstelle erhalten hatte; die den Namen William D. Hunter und das Kennzeichen 288 ZNI trug.
»Doyle, Kriminalpolizei«, meldete er sich. Es war die Zulassungsstelle. Sie bestätigte Doyle, daß es sich bei dem Halter des Wagens um Senator William D. Hunter handelte. Doyle legte den Hörer mit einem versteinerten Gesichtsausdruck auf.
»Warum eigentlich immer ich?«, murmelte er und blätterte in der Dienstliste der Abteilungen. Bei der Verkehrspolizei hatte Sergeant LaZoone Dienst. Doyle versicherte sich telephonisch, ob LaZoone im Polizeigebäude war und teilte diesem mit, daß er sofort zu ihm kommen würde.
Er schaltete sein Telephon auf ein Nachbarbüro um und machte sich auf den Weg zur Polizeistation West II.
Sergeant LaZoone hatte kein eigenes Büro, zumal er meistens unterwegs war. Sergeant Doyle traf seinen Kollegen von der Verkehrspolizei in einem Mannschaftsraum beim Frühstücken an.
»Guten Morgen, Sergeant«, sagte er und zeigte seinen Dienstausweis vor.
»Guten Morgen«, erwiderte LaZoone. »Dienststelle 24,

wie ich sehe.«
Doyle steckte seinen Dienstausweis wieder ein. LaZoone trank seinen Kaffee aus und verließ den Mannschaftsraum mit Sergeant Doyle. Die beiden gingen einen Flur entlang zu einem Büro. Bevor die beiden Sergeanten es betraten, steckte LaZoone eine rote Karte in eine Halterung neben dem Büro, um zu signalisieren, daß es belegt war. Es handelte sich um ein Büro, das von verschiedenen Leuten benutzt werden konnte und aus diesem Grund war eine solche Markierung notwendig.
Die beiden setzten sich in dem karg eingerichteten Büro an den Schreibtisch.
»Was kann ich für Sie tun?«, wollte LaZoone wissen.
»Wie Sie schon gelesen haben komme ich von der Kriminalpolizei. Wir haben Ihnen einen Fall abgenommen.«
LaZoone überlegte kurz.
»Sie haben uns einen Fall abgenommen? Das ist mir neu. Offensichtlich haben Sie ihn sofort an sich gerissen.«
»Ja, in der Tat. Gestern morgen gegen 8:30 Uhr wurde an der Burton Road Ecke Layer Street eine Leiche entdeckt. Die Spurensicherung fand auch ein Fahrrad. Der Mann wurde an der Kreuzung offenbar von einem Autofahrer niedergefahren und dann ins Gebüsch geschleift. Dies erfüllt zumindest den Tatbestand der fahrlässigen Tötung, wenn nicht sogar Mord.«
LaZoone öffnete eine Schreibtischschublade und entnahm ihr einen Kugelschreiber und ein Blatt Papier.
»Ich werde Ihnen die Akte schicken. Sie brauchen also nicht mitzuschreiben.«, sagte Doyle.
»Ich werde mir dennoch Notizen machen.«
»Wie Sie wünschen. Einige Zeit später fand die Spurensicherung einen Zettel und einen Kugelschreiber. Auf dem Zettel war eine Autonummer notiert. Der Schriftexperte hat festgestellt, daß die Autonummer von dem Unfallopfer notiert wurde. Wie zuverlässig diese Information ist, bleibt abzuwarten.«

»Haben Sie den Besitzer ermittelt?«
Doyle nickte mit ernstem Gesicht. LaZoone hob eine Augenbraue.
»Jemand aus meiner Abteilung?«
»Schlimmer.«, erwiderte Doyle. »Es handelt sich um den Wagen von William D. Hunter, Senator unseres Bundesstaates und wohnhaft in unserer schönen Stadt.«
LaZoone legte den Bleistift neben den Zettel und sah beides betreten an.
»Der Senator. Mein tiefempfundenes Mitgefühl sei mit Ihnen. Da haben Sie sich ja einen schönen Fall aufgehalst. Waren Sie schon bei ihm?«
Doyle schüttelte seinen Kopf.
»Noch nicht. Aber ich werde noch heute zu ihm gehen. Der Grund, warum ich Sie informiere, ist, daß Ihre Abteilung auch zuständig ist, wenn auch meine Abteilung die Ermittlungen leiten wird. Sie sollten über den Fall Bescheid wissen, damit Sie nicht aus allen Wolken fallen, wenn es Ärger gibt.«
LaZoone notierte sich etwas.
»Ich danke Ihnen, daß Sie mich vorwarnen. Lieber würde ich darauf verzichten, den Ärger mit Ihnen zu teilen. Aber ich fürchte, daß ich es mir ebensowenig aussuchen kann, wie Sie es sich ausgesucht haben.«
»Ja. Gestern morgen war es noch ein halbwegs normaler Fall von Unfallflucht und Todesfolge. Doch plötzlich wird es ein politischer Skandal - mitten im Wahlkampf.«
»Ich beneide Sie nicht. Sie werden die Ermittlungen leiten. Hoffentlich werden Sie nicht am Ende der Verlierer sein.«
»Sie raten mir ab?«
»Um Himmels Willen! Wie käme ich dazu? Schließlich warte ich schon seit drei Wahlperioden darauf, daß endlich jemand diesen Senator zum Mond schießt.«
Doyle zeigte ein leichtes Lächeln.
»Nicht so laut«, erwiderte er dann. »Noch ist er nicht

dort.«
LaZoone grinste.
»Sie werden sicherlich hoffen, daß ich Ihnen helfe.«, meint er dann.
»Das wage ich gar nicht zu hoffen. Alles, was ich möchte, ist daß Sie mich informieren, falls Ihnen etwas über den Unfall zu Ohren kommt.«
»Das werde ich tun. Sie können aber auch mit meiner Hilfe rechnen, wenn Sie in Bedrängnis geraten. Das ist Ehrensache unter Sergeanten.«
»Ich danke Ihnen und hoffe, daß es nicht nötig wird.«
Die beiden Sergeanten erhoben sich von den Stühlen und verließen das Büro wieder. Doyle fuhr mit dem Fahrstuhl ins Erdgeschoß und trat auf den Polizeiparkplatz, wo er seinen Wagen geparkt hatte.
Als er mit dem Wagen die Straße in Richtung Nordrand der Stadt entlang fuhr, fragte er über Funk in der Zentrale an, ob etwas für ihn vorliegt, was nicht der Fall war. Somit setzte Doyle die Fahrt zum Unfallort fort.
Die Straßenkreuzung, an der sich der Unfall ereignet hatte, war vom Schnee geräumt. Doyle hielt seinen Wagen in einer Parkbucht vor einem der Häuser in der Nähe der Kreuzung und stieg aus. Er ging den Fußweg entlang, an dessen Seite die Leiche im Gebüsch gefunden wurde. Die Leute von der Spurensicherung hatten ihre Markierungen und Absperrungen inzwischen entfernt. Auch war an der Ecke kein rotgefärbter Schnee mehr zu erkennen. Doyle war sich nicht sicher, ob hier die Stadtreinigung oder die Spurensicherung die gründliche Arbeit geleistet hatten.
In seinem Kopf spielte sich der Unfall ab. Vor seinem geistigen Auge sah Doyle, wie jemand den Radfahrer ins Gebüsch schleifte. Er sah, wie der Radfahrer - in den letzten Zügen liegend - sich mühsam den Kugelschreiber und den Papierfetzen aus seiner Manteltasche zog und die Autonummer notierte, die er noch in seinem Gedächtnis hatte.
Doyle befielen Zweifel. Wie zuverlässig war die Auto-

nummer? Konnte er es riskieren, mit diesem dünnen Beweisstück gegen einen Senator anzutreten, der sich in einer Woche der Wiederwahl stellen mußte? War er nicht gerade dazu verurteilt zu scheitern?
Doyle war sich der Macht des Senators bewußt und auch der Tatsache, daß er persönlich mit seinem Vorgesetzten befreundet war. Solche Ermittlungen in Wahlkampfzeiten führen zu müssen, würde kein Vergnügen sein. Dessen war sich Doyle sicher. Er wußte aber auch, daß der Senator, falls er denn schuldig war, genug Zeit haben würde, Spuren zu verwischen und alles zu verschleiern, wenn Doyle mit seinen Ermittlungen bis nach dem Wahlkampf abwartete. Solches Taktieren lag dem Sergeant ohnehin nicht.
Doyle betrachtete die Stelle im Gebüsch, an der die Leiche gefunden wurde. Könnte nicht irgendwo noch ein zweiter Zettel liegen auf dem stand 'Der Senator war es!'? Doyle schüttelte seinen Kopf. Schließlich gint er zur Kreuzung zurück und betrachtete die Straße.
Die Kreuzung war verhältnismäßig schlecht einsehbar. Dies war ein Grund mehr, bei schlechtem Wetter vorsichtig an sie heranzufahren. Offensichtlich hatte dies der Autofahrer - wer auch immer es war - nicht getan. Wer angemessen fährt, verursachte keine Unfälle, besonders keine tödlichen, überlegte Doyle. Aber vielleicht war der Senator angetrunken oder gar betrunken gewesen, als er den Radfahrer anfuhr? Dies wollte sich Doyle lieber nicht weiter ausmalen, denn je größer der Skandal würde, desto schwieriger würde die Aufklärung sein, denn Lieutenant Towers war ein enger Freund des Senators. Allein dies war Grund genug, bei den Ermittlungen jeden Fehler zu vermeiden.

7.

Die Mittagszeit brach heran und Doyle saß in der Kantine des Präsidiums vor seinem Mittagessen: ein Schnitzel mit Pommes und Gemüse. Ihm gegenüber saß sein Kollege Sergeant Stanford, der Bereitschaftsdient bei der Vermißtenstelle hatte, und sich für das Fischfilet entschieden hatte.

»Das habe ich in meinem Leben noch nicht erlebt«, erklärte Doyle. »Als ich dort ankam wartete bereits eine Trauergemeinde von sechs Personen auf mich, bei der die Polizei in der Überzahl war. Völlig sinnlos standen da vier Polizisten vor einer verschlossenen Wohnungstür und warteten auf ihren Sergeant. Kurz nach mir traf der Gerichtsmediziner ein. Völlig ohne Grund.«

»Und?«

Doyle winkt ab.

»Das erzähle ich dir mal, wenn ich mich nicht mehr so darüber ärgere. Jedenfalls war der Bewohner der Wohnung tatsächlich tot. Der Gerichtsmediziner meinte dazu, daß dies bei einem 80jährigen nichts Ungewöhnliches sei.«

»Dem kann ich nur zustimmen. Du hast also die Wohnung öffnen lassen?«

»Ich habe sie selber geöffnet, und zwar mit einer Essenskarte.«

»Dafür sieht sie aber noch ganz gut aus.«

Doyle blickte kurz von seiner Mahlzeit auf.

»Ach so, nicht mit meiner. Einer der Polizisten, die dabei waren, wird heute sein Mittagessen in einer Imbißstube zu sich nehmen müssen. Der Automat wird sie jedenfalls nicht mehr annehmen.«

Stanford grinste.

»Hoffentlich bekommst Du keinen Ärger, wenn der Kollege begründet, warum er eine neue Karte braucht.«

»Kann ich mir nicht vorstellen. Wenn ich dann erzähle, was da los war, wird er den Ärger bekommen.«

Die beiden beendeten ihre Mahlzeiten und Doyle verließ zusammen mit Sergeant Stanford die Kantine. Auf dem Flur vor der Kantine wünschten die beiden einander einen ruhigen Dienst und gingen dann ihrer Wege.
Vor dem Gebäude stieg Doyle in seinen Dienstwagen und fragte bei der Zentrale an, ob etwas vorlag, was nicht der Fall war. So beschloß er, nun die schwierige und unangenehme Aufgabe anzugehen, den Senator zu fragen, ob er mit seinem Wagen in der verschneiten Neujahrsnacht einen Radfahrer umgefahren hat und ihn, statt ihm zu helfen, einfach um die Ecke in ein Gebüsch geschleift hatte. Auf der Fahrt dachte Doyle darüber nach, wie er genau diese Frage stellen konnte ohne den Senator zu veranlassen, sich bei seinem Freund Lieutenant Towers über den »unverschämten Sergeanten« zu beschweren, der doch eigentlich nur seinen Dienst getan hatte.
Senator Hunter wohnte in einem zweistöckigen Einfamilienhaus am Westrand der Stadt. Der wohlhabende Politiker besaß in der Stadt ein großes Unternehmen mit neunhundert Angestellten allein in Boston. Doyle hielt seinen Dienstwagen auf einem Parkstreifen, der vor dem Haus verlief, und stieg aus.
Das Haus wurde von einem niedrigen Zaun umgeben, in dem ein kleines Tor war. Ein schmaler Weg führte durch einen weitläufigen Vorgarten zu dem weiß angestrichenen Haus. Doyle ging diesen Weg entlang zur Haustür und drückte auf den untersten der drei Klingelknöpfe, die offensichtlich für verschiedene Bereiche des Hauses bestimmt waren.
Nach kurzer Zeit öffnete eine Frau mittleren Alters die Haustür. Sie war in dunkle Hosen und einen grauen Wollpullover gekleidet.
»Sie wünschen?«, fragte sie freundlich. Doyle zeigte seinen Dienstausweis vor.
»Mein Name ist Brendan Doyle. Ich würde gerne den Senator sprechen.«
»Kommen Sie herein«, erwiderte die Frau nachdem sie

einen kurzen Blick auf den Ausweis geworfen hatte. Sie führte Doyle durch das Haus in eines der hinteren Zimmer, in dem eine Bibliothek war. Dort ließ sie ihn alleine.

Doyle sah sich in der Bibliothek um. Sie enthielt Regalschränke, in denen unzählige Bücher zu unterschiedlichen Themen standen. In der Mitte der Bibliothek stand ein niedriger Tisch, um den herum drei Ledersessel gruppiert waren sowie ein weiterer Tisch mit vier Stühlen.

Nach einer kurzen Wartezeit öffnete sich die Tür zur Bibliothek und der Senator trat herein.

Er war ein Mann mittleren Alters, der dunkle Haare hatte, die an Schläfen leicht ergraut waren. Senator Hunter trug einen dezenten, grauen Anzug. Doyle sah auf den ersten Blick, daß der Anzug maßgeschneidert war. Der Senator ging auf Doyle zu und reichte ihm seine Hand.

»Einen schönen Tag.«, sagte er dabei betont freundlich.

»Den wünsche ich Ihnen auch«, erwiderte Doyle.

»Setzen wir uns doch.«, erwiderte der Senator und nahm in einem der Sessel Platz, die um den niedrigen Tisch standen. Doyle setzte sich in einen Sessel, der dem Senator gegenüber stand.

»Ich hoffe, Sie hatten einen guten Rutsch ins neue Jahr«, sagte der Senator freundlich.

»Naja, leider war mein Jahreswechsel nicht ganz so erfreulich. Deshalb bin ich hier.«

Doyle zeigte seinen Polizeiausweis vor.

»Ich bin wegen eines Unfalls hier«, fuhr er fort, während der Hunter einen flüchtigen Blick auf den Ausweis warf.

»Wegen eines Unfalls?«, fragte der Senator sichtlich verwundert. »Im Allgemeinen befaßt sich doch Inspektor Woodrow mit Unfällen, die mit Regierungsfahrzeugen passieren.«

»Ich komme von der Kriminalpolizei. Es handelt sich um einen Unfall mit Fahrerflucht und Todesfolge.«

Nun blickte Senator Hunter den Sergeant überrascht an.
»Und da kommen Sie zu mir? Wie kann ich Ihnen da helfen?«
»Nun, Sir, die Spurensicherung hat einen Zettel gefunden, auf dem das Unfallopfer vor seinem Tod die Autonummer des Unfallfahrers notiert hat - oder besser: Von der wir vermuten, daß es sich um die Nummer des Unfallfahrers handelt. Diese Nummer lautet 288 ZNI. Es ist die Nummer Ihres Privatwagens.«
Senator Hunter betrachtete Doyle nachdenklich.
»Meine Wagennummer wurde auf dem Zettel gefunden? Kann es sein, daß sich der Mann geirrt hat?«
»Das ist natürlich nicht ausgeschlossen. Leider können wir ihn nicht mehr fragen, aber ich bin dennoch verpflichtet, mir Ihren Wagen anzusehen, um so die Spur zu überprüfen.«
Senator Hunter sah Doyle eine Zeitlang prüfend an.
»Nun, das ist leider nicht möglich«, erwiderte er ruhig und griff nach einer Zigarrenkiste, die auf dem kleinen Tisch stand. »Mein Sohn ist mit dem Wagen in Washington unterwegs.«
»Wann ist er losgefahren?«
»Schon vor einer Woche. Aus dem Grund halte ich es für ausgeschlossen, daß der Unfall mit meinem Wagen geschehen ist.«
Doyle notierte sich die Angabe des Senators, während dieser sich eine Zigarre aus der Kiste nahm. Als Doyle aufblickte, hielt ihm der Senator die Kiste entgegen.
»Nein, Danke«, sagte Doyle, »ich rauche nicht. Haben Sie eine Vorstellung, wo genau sich Ihr Sohn aufhalten könnte?«
Der Senator schloß die Kiste, wickelte seine Zigarre aus und köpfte sie bevor er sie sich anzündete.
»Er ist volljährig, da frage ich ihn nicht ständig, wo er hinfährt. Ich hoffe, es stört Sie nicht, wenn ich rauche.«
»Nein, es Ihre Bibliothek. Also Ihr Sohn ist mit dem Wagen Washington gefahren? Das ist eine ganz schöne

Stecke, die er da zurücklegen muß.«
Hunter lachte kurz auf und nahm einen Zug von seiner Zigarre.
»Das macht ihm nichts aus. Er ist mit seiner Freundin in Urlaub gefahren. Ich nehme nicht an, daß er vor Februar wiederkommen wird.«
Doyle notierte sich auch diese Angabe.
»Und wie, wenn ich fragen darf, kommen Sie jetzt ohne den Wagen zurecht?«
»Ganz gut. Ich benutze den Wagen meiner Frau. Wenn sie ihn braucht, kann ich auch auf mein Dienstfahrzeug zurückgreifen.«
»Und Ihr Sohn hat keinen eigenen Wagen?«
»Doch. Aber der ist zur Zeit in der Werkstatt, und er wollte nicht auf die Fertigstellung warten müssen.«
Doyle machte sich weitere Notizen und steckte sein Notizbuch wieder in seine innere Manteltasche.
»Falls Ihr Sohn anruft oder sich sonst irgendwie meldet, wäre ich Ihnen dankbar, wenn Sie ihm sagen könnten, daß er sich in Washington mit der Polizei in Verbindung setzen soll. Falls er Ihnen eine Karte oder so etwas schickt, möchte ich Sie bitten, uns zu benachrichtigen. Falls ich nicht da bin, können Sie auch Sergeant Perry Bescheid sagen, er leitet es dann an mich weiter.«
»Das werde ich selbstverständlich tun, Sergeant.«
»Gut.«
Senator Hunter nahm einen weiteren Zug von seiner Zigarre.
»Eine Frage noch, Sergeant. Wie schlimm kann das noch werden?«
Doyle hob seine Schultern.
»Das hängt davon ab, was ich herausfinde.«
»Das habe ich befürchtet. Ich wäre Ihnen dankbar, wenn Sie die Ermittlungen diskret führen könnten. Der Zeitpunkt ist leider etwas ungünstig. Wir stehen mitten im Wahlkampf und solche unerfreulichen Geschichten können sich negativ auswirken, auch wenn sich die Sache hinterher aufklärt.«

»Sie brauchen sich keine Gedanken zu machen«, erwiderte Doyle. »Selbstverständlich wird nichts von den Ermittlungen an die Presse weitergegeben. Es geht mir nur darum, den Mörder so schnell wie möglich zu fassen.«
»Dazu wünsche ich Ihnen Glück.«, entgegnete der Senator. »Sie können sich darauf verlassen, von mir jede nur erdenkliche Unterstützung zu bekommen.«
Die beiden erhoben sich die aus den Sesseln und der Senator begleitete Doyle zur Haustür.
»Wie gesagt, ich verlasse mich auf Ihre Diskretion«, sagte der Senator.
»Und ich hoffe auf Ihre Mitarbeit«, erwiderte Doyle.
»Das können Sie. Ich helfe der Polizei immer gerne, wenn ich kann.«
»Das freut mich zu hören.«
Senator Hunter nickte. Doyle verließ das Haus und der Senator schloß die Tür hinter ihm.
Doyle schloß das niedrige Gartentor hinter sich und stieg wieder in seinen Wagen ein. Eine Abfrage bei der Zentrale ergab, daß sich nichts weiter ereignet hatte. So beschloß er, in sein Büro zurückzukehren.

8.

Eine Viertelstunde vor Dienstschluß betrat Sergeant Doyle sein Büro. Zunächst schrieb er einen stichwortartigen Bericht für den Sergeant, der nach ihm den Dienst antrat. Daraufhin nahm er einen Hefter mit den Berichten über den Fall des Unfalls mit Fahrerflucht und verließ sein Büro. Er ging den Flur entlang bis zu dessen Ende, wo er ein Büro betrat. Es handelte sich um das Büro seines direkten Vorgesetzten, Inspektor Frank Coblence.
»Frohes neues Jahr.«, sagte Doyle, als er das Büro betrat.
»Gleichfalls.«, erwiderte der Inspektor. »Was führt Sie

her?«
Doyle gab dem Inspektor den Hefter mit den Berichten. Dieser blätterte den Hefter langsam durch.
»Der Unfallwagen, von dem im Bericht die Rede ist, soll sich in Washington befinden«, sagte Doyle. »Der Sohn des Senators fährt ihn. Sein Name ist Jack Hunter.«
»Das ist mir auch bekannt. Sie wollen vermutlich, daß er dort gesucht und verhört wird.«
»Ja, Sir. Ich brauche die Fingerabdrücke, das Alibi, falls er eines hat, und eine Aussage. Der Senator hat zwar zugesagt, daß er seinen Sohn veranlassen wird, sich bei der Polizei zu melden, aber eigentlich möchte ich darauf nicht warten.«
Inspektor Coblence notierte sich Doyles Aufzählung.
»Und wo genau befindet sich Jack Hunter?«
Doyle hob seine Schultern.
»Das konnte mir der Senator nicht sagen.«
Inspektor Coblence blickte nachdenklich auf den Aktenhefter.
»Der Senator weiß nicht, wo sich sein eigener Sohn aufhält? Das finde ich aber merkwürdig.«
»Dem stimme ich zu. Die Lage ist durch den Wahlkampf schon unangenehm genug. Ich habe nicht vor, mir die Finger an diesem Fall zu verbrennen.«
»Die Gefahr besteht. Wußten Sie, daß Lieutenant Towers ein persönlicher Freund von Senator Hunter ist?«
»Ja, das weiß ich.«
Coblence nickte bestätigend.
»Ich fände es schade, wenn Sie bei dieser Sache geopfert würden. Sehen Sie sich bei den Ermittlungen vor und versuchen Sie, die Presse aus der Angelegenheit herauszuhalten so lange es geht. Wenn morgen schon irgendwelche Andeutungen in der Zeitung stehen, sind Sie in diesem Fall ohne Chance.«
»Das ist mir klar.«
Inspektor Coblence legte den Hefter auf seinen Schreibtisch und betrachtete ihn eine Zeitlang nachdenklich.
»Ich werde noch heute in Washington anfragen lassen«,

sagt er dann. »Die werden Mr. Hunter schon finden. Meine Sorge ist, daß wir in die heiße Phase des Wahlkampfes eingreifen. In einer Woche sind die Wahlen. Was immer wir auch tun, es wird ein politischer Skandal.«
Doyle seufzte.
»Das habe ich mir auch schon überlegt.«
»Halten Sie es für möglich, daß der Senator die Unwahrheit gesagt hat?«
»Ich habe noch keine Anhaltspunkte dafür. Er war während des Gespräches sehr ruhig, aber wenn sein Sohn oder gar er selbst den Wagen gefahren hat, rechnete er vielleicht mit dem Besuch der Polizei.«
»Beschwören Sie es lieber nicht, das wäre wirklich eine Katastrophe, wenn es so wäre. Im Bericht heißt es, daß Sie Fingerabdrücke am Fahrrad gefunden haben, die vermutlich vom Täter stammen. Haben wir Fingerabdrücke des Senators zur Verfügung?«
»Leider nicht. Und solange wir keinen eindeutigen Hinweis haben, daß der Senator es gewesen sein könnte, können wir ihn auch nicht um Fingerabdrücke bitten.«
Inspektor Coblence lachte kurz auf.
»Selbst mit einem solchen Hinweis wird es vor der Wahl schwerfallen, ihn um seine Fingerabdrücke zu bitten. Wir sollten die Möglichkeit, daß der Senator der Unfallfahrer ist, als letzte in Betracht ziehen, sonst setzen wir uns alle fürchterlich in die Nesseln. Haben Sie schon die Verkehrspolizei benachrichtigt?«
»Ich habe mit Sergeant LaZoone gesprochen.«
Inspektor Coblence notierte sich einige Dinge.
»Ich will es Ihnen lieber schon jetzt sagen: Wenn Lieutenant Towers erfährt, woran Sie arbeiten, wird er Sie sich direkt unterstellen. Dann kann ich nichts mehr für Sie tun außer Ihnen die Daumen zu drücken. So stehen die Fakten. Sie können sich aber sicher sein, daß ich Ihnen helfen werde, wenn Sie in Schwierigkeiten sind.«
»Ich danke Ihnen, Inspektor.«

»Nichts zu danken. Sie arbeiten an einem Fall, um den Sie keiner Ihrer Kollegen beneiden wird.«

»Das haben mir meine Kollegen bereits zu verstehen gegeben.«

Inspektor Coblence zeigte ein leichtes Lächeln.

»Was zu erwarten war. Ich wünsche Ihnen alles Gute. Halten Sie mich auf dem Laufenden.«

Doyle reichte dem Inspektor kurz seine Hand und verließ das Büro wieder. Er hatte darauf gehofft, die Rückendeckung seines Inspektors zu bekommen, zumal er wußte, daß Inspektor Coblence auch nicht unbedingt zu den Wählern von Senator Hunter zählte. Zudem war unter den Sergeanten bekannt, daß Inspektor Coblence es nicht billigte, daß der Senator durch die Freundschaft zu Lieutenant Towers in schon manchen anderen Fällen eine Sonderbehandlung bekommen hatte.

Doyle kehrte zu seinem Büro zurück, in dem bereits Sergeant Warren auf ihn wartete.

»Es war ja nicht viel los heute.«, stellte Sergeant Warren fest, als Doyle das Büro betrat.

»Heute war noch nicht viel los.«, erwiderte Doyle, »aber morgen wird es so richtig losgehen.«

»Das kann ich mir vorstellen.«

Doyle legte den Hefter mit dem Bericht auf den Schreibtisch. Warren öffnete den Hefter und las den Inhalt.

»Das sieht nicht gut aus«, stellte er fest. »Es reicht bereits, wenn Senator Hunters Sohn in den Unfall verwickelt ist.«

»Ich hoffe, daß es nur der Sohn ist. Stell dir mal vor, der Senator hat mich belogen und ich muß nun beweisen, daß er den Mann niedergefahren und ins Gebüsch geschleift hat.«

Warren blickte auf.

»Das wird schwierig. Mit wem arbeitest du an dem Fall?«

»Die Personalabteilung hat mir Jerry Kent zugeteilt. Den kenne ich allerdings nicht und habe keine Ahnung,

ob der gut ist.«
»Das ist er. Ich habe auch schon öfter mit Kent zusammengearbeitet. Er ist zwar noch nicht so ganz lange hier, aber auf den kannst du dich verlassen.«
»Das ist alles, was zählt.«
»Ja. Dann wünsche ich dir noch einen schönen Abend.«, sagte er dann.
»Dir auch. Hoffentlich hast du auch einen ruhigen Dienst.«
»Den werde ich bestimmt haben. Die Leichen werden erst morgen früh entdeckt.«
Doyle zog seinen Mantel an.
»Genau! Wenn ich Dienst habe.«
Warren grinste breit und Doyle verließ das Büro.
Auf dem Weg ins Erdgeschoß blieb er an einem Kaffeeautomaten stehen und warf eine Münze ein. Nach kurzer Zeit entnahm er der Ausgabe einen Becher mit Kaffee, mit dem er sich auf eine der Bänke vor den Büros setzte und ihn langsam trank. Eigentlich waren dies die ersten ruhigen Minuten des Tages, überlegte er, während er die Kollegen beobachtete, die an ihm vorbeigingen und grüßten.
Schließlich setzte Doyle seinen Weg ins Erdgeschoß und damit nach Hause fort. Während er durch die Straßen fuhr dachte er über die neue Entwicklung in diesem Fall nach. Alles hing nun davon ab, daß er keinen Fehler machte - insbesondere seine weitere Karriere bei der Polizei.
Doyle kam zu Hause an und wurde von seiner Katze begrüßt, die schnurrend um seine Beine strich. Doyle füllte Milch und Futter in die Näpfe der Katze und setzte sich mit einem warmen Kakao ins Wohnzimmer. Seine Katze kam, wie fast jeden Abend, zu ihm und rollte sich auf seinem Schoß zusammen. Nach nur wenigen Minuten war sie eingeschlafen.
»Manchmal möchte ich mit dir tauschen, Tommy«, sagte Doyle leise zu seiner Katze.

9.

Am nächsten Morgen kam Sergeant Doyle um 9:00 Uhr in seinem Büro an. Dort wartete bereits der Polizist Jerry Kent. Der 35jährige Polizist war in Uniform gekleidet.

»Guten Morgen, Mr. Kent«, sagte Doyle, als er das Büro betrat. »Haben Sie sich bereits mit dem Vorgang vertraut gemacht?«

»Ja, Sir«, erwidert Kent.

»Gut. Dann wissen Sie, daß dieser Fall ein wenig brisant ist. Wir müssen also sehr vorsichtig an die Sache herangehen. Ist schon ein Bericht aus Washington gekommen?«

»Soweit ich weiß ist vor kurzem eine Nachricht aus Washington über den Fernschreiber gelaufen.«

»Dann wird es auch bald hier im Büro sein. Wir müssen in diesem Fall ausgesprochen vorsichtig sein. Vermutlich wissen Sie, daß Senator Hunter ein persönlicher Freund von Lieutenant Towers ist.«

Kent nickte kurz. Ein Mann, der einen fahrbaren Kasten mit Post vom Verteiler vor sich herschob, betrat den Raum.

»Sergeant Doyle; vom Fernschreiber«, teilte er mit. Doyle nahm den Bericht entgegen und der Mann verließ den Raum wieder, woraufhin sich Doyle mit dem Bericht an seinen Schreibtisch setzte. Der Polizist nahm vor dem Schreibtisch Platz.

»Um 23:47 Uhr gestern Abend wurde Jack Hunter in einem Hotel in Washington ausfindig gemacht und zum Verhör gebeten«, las Doyle vor. »In diesem Verhör erklärte Mr. Jack Hunter, daß er nicht mehr im Besitz des Wagens mit dem Kennzeichen ZNI 288 sei, weil ihm dieser gestohlen wurde. Auf die Frage, wieso er diesen Diebstahl nicht gemeldet hat, erwiderte Mr. Hunter, daß er es sich zunächst ersparen wollte, dies seinem Vater mitzuteilen. Als Tag des Diebstahls gab er den

27.12.1968 an. Eine Überprüfung ergab, daß er am 28.12.1968 in dem Hotel »Richmond« in Washington abgestiegen war. Mr. Hunter wurde aufgefordert zur Abnahme von Fingerabdrücken ins Präsidium zu kommen. Er kam dieser Aufforderung nach. Die Fingerabdrücke werden mit dem Fernschreiber übermittelt, sobald sie vorliegen.«
Doyle legte den Bericht auf den Schreibtisch. Kent nahm den Bericht an sich und las ihn.
»Was halten Sie davon?«
»Nichts.«, erwiderte Doyle. »Wenn dies zutrifft, dann muß ein Unbekannter den Radfahrer überfahren haben, denn zum Zeitpunkt des Unfalls ist Jack Hunter bereits in dem Hotel in Washington abgestiegen gewesen und kann somit schwerlich hier in Boston einen Radfahrer niedergefahren haben. Andererseits stehen wir in diesem Punkt mit den Ermittlungen am Anfang. Vielleicht ist er ja tatsächlich in dem Hotel abgestiegen, aber noch einmal nach Boston zurückgekommen. Das würde alles besser klingen, wenn er den Wagen als gestohlen gemeldet hätte.«
Kent hob seine Schultern.
»Vielleicht hat er nicht damit gerechnet, daß wir so schnell auf die Autonummer kommen.«
»Wer immer den Wagen gefahren hat, der hat bestimmt nicht damit gerechnet, daß der Radfahrer die Nummer aufschreiben würde. Es ist ja wohl klar, daß jemand gelogen hat. Entweder der Senator oder sein Sohn. Ich hoffe, daß der Sohn gelogen hat. Das werden wir genau wissen, wenn wir seine Fingerabdrücke haben.«
»Das kann noch dauern.«
»Ich weiß.«
Doyle atmete tief durch. Kent legte den Bericht wieder auf den Schreibtisch.
»Wenn wir davon ausgehen, daß der Senator den Radfahrer umgefahren hat, macht es auch Sinn, wenn er behauptet, daß er nicht weiß, wo sich sein Sohn in Washington aufhält. Selbstverständlich wußte er das,

aber er konnte somit einen Zeitvorteil erringen. Wenn er allerdings diese Geschichte mit seinem Sohn abgesprochen haben sollte, dann ist das ein deutliches Zeichen dafür, daß wir den Senator in die Enge getrieben haben. Er fühlte sich unter Zugzwang.«
»Das ist nicht verwunderlich. Es ist immerhin Wahlkampf.«
»Das ist unser Hauptproblem. Wenn Lieutenant Towers aus seinem Urlaub zurückkehrt, gibt's Ärger.«
»Und der Wagen?«, fragte Kent.
»Ich hoffe, daß wir den Wagen irgendwann zu sehen bekommen. Allerdings sinken unsere Chancen mit jedem Tag, der vergeht, deshalb werde ich den Senator noch heute aufsuchen und ihm mitteilen, daß wir seinen Sohn im Verdacht haben. Ich bin gespannt, wie er darauf reagiert.«
»Ja«, murmelte Kent. In dem Moment klopfte es an die Bürotür.
»Ja, bitte!«, rief Sergeant Doyle. Die Tür öffnete sich und ein hochgewachsener, hagerer Mann mit dunklen Haaren, der in einen dezenten, hellgrauen Anzug gekleidet war, betrat das Büro. Mit leicht unsicheren Schritten bewegte er sich auf den Schreibtisch des Sergeants zu und rückte kurz seine schwarze Hornbrille und dann seine hellgraue Krawatte zurecht. Kent schloß für einen Moment seine Augen und Doyle versuchte, den Eindruck zu vermeiden, daß er wußte, was ihm nun bevorstand.
»Entschuldigen Sie, Sergeant, wenn ich Sie störe«, sagte der Mann, der Doyle als der Postangestellte Norman Dayson bekannt war, mit unsicherer Stimme. »Aber mein Gewissen hat mich hergebracht.«
»Mr. Dayson«, sagte Doyle mit leichter Resignation in der Stimme.
»Also«, fuhr Dayson fort, »ich möchte ein Geständnis ablegen. Sie suchen ja nach dem Mann, der diesen Radfahrer angefahren hat. Also.. das... das war ich.«
»Mr. Kent, nehmen Sie bitte an der Schreibmaschine

Platz und protokollieren Sie die Aussage von Mr. Dayson.«

»Ja, Sir«, sagte Kent und setzte sich mit einem Gesichtsausdruck hinter die Schreibmaschine. Dayson beobachtete ihn dabei und wandte sich wieder dem Sergeant zu, nachdem Kent einen Bogen Papier in die Schreibmaschine eingespannt hatte.

»Also, Sir, ich bin mit meinem Wagen an diese Kreuzung gefahren, Burton Road Ecke Layer Street. Es hat sehr geschneit und ich... äh... also ich habe den Radfahrer wirklich nicht gesehen, als ich auf ihn draufgefahren bin.«

Doyle nickte ernst.

»Gut. Es war also ein Unfall. Warum haben Sie nicht die Polizei gerufen?«

»Der... der Mann war tot. Ich bin in Panik geraten und habe die Leiche dann weggeschleift.«

»Wohin?«

»Da ist so ein Waldweg.«

»Und wie weit haben Sie den Mann geschleift?«

Doyle war auf die Antwort dieser Frage besonders gespannt, denn im Gegensatz zu den Fakten, die Dayson bisher aufgezählt hatte, hatte Doyle diese Information nicht in die Pressemitteilung geschrieben.«

»Das weiß ich nicht mehr so genau«, erwiderte Dayson.

»Nein? Und das Fahrrad? Was haben Sie damit gemacht?«

Auch diese Information war nicht in den Medien nachzulesen. Doyle hatte nur mitgeteilt, daß das Opfer mit einem Fahrrad unterwegs war.

»Das habe ich auch ins Gebüsch geworfen, da, wo ich den Mann in Gebüsch gelegt habe.«

»Genau da?«

»Ja, neben die Leiche.«

Kent zeigte hinter seiner Schreibmaschine ein leichtes Lächeln.

»Welche Farbe hatte das Fahrrad?«

»Das weiß ich nicht mehr.«

»Welche Farbe hat Ihr Auto?«
»Dunkelgrau«.
»Aus welcher Richtung kamen Sie?«
Die Chancen standen nun eins zu vier für Dayson, denn die Rekonstruktion des Hergangs des Unfalls hatte Doyle ebenfalls aus ermittlungstaktischen Erwägungen den Medien nicht mitgeteilt.
»Ich... kam von der Burton Road.«
»Und in welche Richtung fuhren Sie?«
»In die Stadt.«
Doyle nickte kurz. Dayson war nicht dumm, das wußte Doyle. Er hatte sich ausrechnen können, daß der Unfallwagen von der Nebenstraße gekommen sein mußte, und daß es um diese Zeit wahrscheinlicher war, daß er in die Innenstadt fuhr. Doch allein schon die falsche Angabe über die Farbe des Wagens hatte Doyle zu der Erkenntnis gebracht, daß Dayson einmal mehr ein falsches Geständnis ablegen wollte.
Dayson hatte stets ein fundiertes Detailwissen über die Verbrechen, die er gestehen wollte, jedoch ging es stets nur so weit, wie in den Medien darüber berichtet wurde. Doyle war sich sicher, daß jener zunächst alle möglichen Zeitungsartikel und sonstigen Nachrichten sammelte, bevor er im Präsidium auftauchte um seine Geständnisse abzulegen. Zweifellos war Dayson besser über die Verbrechen informiert, als die meisten anderen Zeitungsleser, die die Nachrichten routinemäßig zur Kenntnis nahm.
Im Präsidium hatte sich die Linie durchgesetzt, Dayson sein Geständnis machen zu lassen und diesen anschließend mit freundlichen Worten hinauszukomplimentieren. Doyle und seine Kollegen waren der Ansicht, daß es schlimmere und lästigere Zeitgenossen gab als Norman Dayson.
»Mr. Dayson...«, hob Doyle an. »Sehen Sie, wir kennen uns jetzt ja schon eine längere Zeit.«
»Ja, Sir.«
»Sie erinnern sich noch, worüber wir bei Ihrem letzten

Geständnis gesprochen hatten?«
»Sie meinen... den Psychiater?«
Doyle nickte langsam.
»Genau, Mr. Dayson. Den Psychiater. Waren Sie inzwischen dort?«
»Sie glauben mir nicht?«
»Nein, Mr. Dayson. Ihre Aussage ist nicht schlüssig und entspricht nicht unseren Erkenntnissen. Also, waren Sie mal beim Psychiater?«
Dayson senkte den Kopf und sah auf seine Schuhspitzen.
»Ich bin völlig gesund. Nur verstehe ich nicht, warum Sie mir nicht glauben.«
Doyle seufzte leise.
»Mr. Dayson, wir haben Erkenntnisse, und zwar gesicherte Erkenntnisse, die Ihrer Aussage widersprechen. Warum folgen Sie nicht meinem Rat? Es ist doch nicht schändlich, sich helfen zu lassen, wenn man Probleme hat.«
Dayson blickte auf.
»Ich habe keine Probleme. Ich meine, mein einziges Problem ist, daß Sie mir nicht glauben.«
»Nein, das kann ich nicht. Wir wissen, daß Sie es nicht waren.«
Dayson erhob sich von dem Stuhl und ging niedergeschlagen zur Bürotür.
»Sie machen einen Fehler, Sergeant«, sagte er, während er die Tür öffnete. »So werden Sie mich nie fassen.«
»Ich wünsche Ihnen ein frohes neues Jahr, Mr. Dayson.«
»Ja«, murmelte Dayson im Gehen. »Ihnen auch.«
Doyle und Kent tauschten kurze Blicke aus, nachdem Dayson gegangen war.
»Was mache ich mit dem Protokoll?«, wollte Kent wissen.
Doyle zuckte kurz mit den Schultern.
»Wegwerfen.«
Kent knüllte das Protokoll zusammen und warf es in den Papierkorb, der neben dem kleinen Tisch mit der

Schreibmaschine stand. Doyle erhob sich aus seinem Sessel hinter dem Schreibtisch und ging zur Bürotür.
»Ich werde Richard Briggs in seiner Abteilung besuchen und ihn auf das Vergnügen vorbereiten, das ihm bevorsteht. Wir brauchen das Ergebnis der Fingerabdrücke, sobald es vorliegt.«
Doyle verließ das Büro und ging eilig den Flur entlang zum Fahrstuhl, mit dem er in den Keller fuhr, wo die Spurensicherung ihre Büros und ihre Labors hatte.
Er betrat das Büro von Richard Briggs, der gerade damit beschäftigt war, einige Berichte durchzusehen. Als Doyle hereinkam, legte Briggs die Berichte zur Seite.
»Guten Morgen, Mr. Briggs«, begrüßte Doyle den Experten.
»Guten Morgen, Sergeant«, erwiderte Briggs. »Was kann ich für Sie tun?«
Doyle nahm auf einem Stuhl, der vor dem Schreibtisch stand, Platz.
»Es werden in Kürze Fingerabdrücke aus Washington kommen. Sie stammen von Jack Hunter, dem Sohn des Senators. Ich brauche die Auswertung der Fingerabdrücke so schnell es geht. Davon hängt ab, wem wir den Mord anhängen.«
Briggs machte sich eine Notiz.
»Wollen Sie das Ergebnis zurückhalten?«
Doyle überlegte kurz.
»Pressemitteilungen können wir uns im Moment nicht leisten, denn sonst ist die Hölle los.«
»Sie können sich auf mich verlassen«, sagte Briggs.
»Das weiß ich.«, erwiderte Doyle, »Haben Sie inzwischen neue Erkenntnisse?«
»Ja. Sie hätten noch heute in Ihrem Verteiler gelegen. Wenn Sie möchten, erläutere ich sie Ihnen.«
»Ich bitte darum.«
Richard Briggs führte Doyle in ein Labor. An einer Pinnwand hingen Photos vom Fundort der Leiche.
»Wir haben festgestellt, daß der Mann ins Gebüsch geschleift wurde«, erklärte Briggs. »Er wurde nicht

hineingehoben. Der Unfallfahrer ist dabei selbst ins Gebüsch gegangen. Vermutlich hat er dem Opfer unter die Arme gegriffen und hinter sich her geschleift. So könnte das Opfer auch die Autonummer gesehen haben. Das bestätigte ja auch Dr. Taylor.«
»Ja, das liegt nahe.«
»Daß das Opfer nicht in das Gebüsch gehoben, sondern geschleift wurde, geht aus dem Bericht des amtlichen Leichenbeschauers hervor und aus unseren Analysen der Kleidungsstücke, sowie den abgeknickten Ästen des Gebüsches. Sehen wir uns die Lage der Leiche an, so stellen wir fest, daß in einem Gebiet hinter der Leiche Äste abgeknickt sind. Der Gerichtsmediziner und wir sind zu der Überzeugung gekommen, daß das Opfer nicht in der Lage gewesen ist, diese Strecke zurückzulegen. Es deutet auch sonst nichts darauf hin, daß das Opfer in irgendeiner Form seine Lage verändert hat, nachdem es von dem Unfallfahrer im Gebüsch abgeladen wurde. In einem leichten Bogen um das Opfer sind die Äste weggeknickt. Mit anderen Worten: Der Unfallfahrer hat den Mann ins Gebüsch geschleift und ist dann um sein Opfer herumgegangen, um wieder aus dem Gebüsch herauszukommen. Das Fahrrad, hingegen, wurde ins Gebüsch geworfen. Es lag in einem hinteren Teil des Gebüsches, wobei die Äste davor nicht verknickt waren.«
Doyle machte sich Notizen zu den Ausführungen Briggs, der fortfuhr:
»Was ebenfalls dafür spricht, daß der Unfallfahrer seinem Opfer unter die Arme gegriffen hat, ist, daß wir keine Fasern eines Mantels an dem Mantel des Opfers gefunden haben, die auf eine andere Transportart schließen lassen. Der Unfallfahrer hat weitgehend Kontakt mit seinem Opfer vermieden.«
»Meinen Sie, daß der Unfallfahrer Blut vom Opfer an seiner Kleidung hatte?«
»Das ist möglich, muß aber nicht zwingend sein. Auf keinen Fall kann man das mit Gewißheit sagen. Aber

vermutlich werden Reste vom Gebüsch in dem Mantel des Unfallfahrers nachzuweisen sein, kleine Holzsplitter von den Ästen. Doch dazu müßten wir den Mantel des Fahrers haben.«
Doyle winkte ab.
»Der Mantel ist sicher schon längt gewaschen worden.«, erwiderte er dann. »Wir werden darauf setzen müssen, die Fingerabdrücke des Täters zu bekommen.«
Briggs zeigte ein leichtes Lächeln.
»Das wäre natürlich das Einfachste.«
»Vielleicht haben wir diese Fingerabdrücke bald.«
Ein Mann trat an die beiden heran.
»Sir«, sagt er zu Briggs. »Es sind Fingerabdrücke aus Washington übermittelt worden.«
»Sofort auswerten.«, sagt Briggs, »Rufen Sie in der Abteilung 3 an und sagen Sie denen, die sollen die Fingerabdrücke vom Fahrrad herüberschicken. Außerdem soll Terry Dale sofort herkommen, vielleicht brauchen wir seine Hilfe.«
Der Mann nickte kurz und verließ die beiden wieder.
»Wir werden Sie in ungefähr einer Stunde informieren können.«
»Ich danke Ihnen«, sagte Doyle, wandte sich zur Tür und hielt in der Bewegung inne.
»Ach ja«, sagte er dann. »Unser lieber Freund Mr. Dayson hat mal wieder ein Geständnis abgelegt. Er will den Radfahrer überfahren haben. Mehr als in den Medien zu lesen war, wußte er natürlich auch wieder nicht. Insbesondere hat er die falsche Farbe für sein Auto angegeben, also dunkelgrau statt blau und behauptet, er habe das Fahrrad zum Opfer ins Gebüsch geworfen. Ich verspreche mir zwar nichts davon, aber prüfen Sie doch bitte auch seine Fingerabdrücke.«
Briggs nickte grinsend.
»Ja, wird gemacht.«

10.

Im Postfach Sergeant Doyles lag eine Nachricht von Richard Briggs: Die Fingerabdrücke, die von der Kriminalpolizei in Washington übermittelt wurden, stimmten nicht mit den Fingerabdrücken, die am Fahrrad gefunden wurden, überein. Nur wenige Minuten später kam eine weitere Nachricht von der Kriminalpolizei in Washington: Ermittlungen hatten eindeutig ergeben, daß Jack Hunter am 28.12.1968 in Washington angekommen war, und zwar mit einem Wagen, der das Kennzeichen FTF 727 hatte und auf den Namen Jack Hunter angemeldet war. Zeugen hatten den Sohn des Senators mit seinem Wagen bereits am 28.12.1968 gesehen.
»Das klingt ja sehr eindeutig.«, murmelte Doyle und las weiter in dem Bericht. Jack Hunter hatte inzwischen die Erklärung abgegeben, daß er nach dem Diebstahl des Wagens seines Vaters seinen eigenen Wagen benutzt hatte.
»Angeblich war sein Wagen in der Werkstatt und er wollte die Reparatur nicht abwarten. Was soll dieses Chaos?«
Kent hob seine Schultern.
»Irgendwie passen die Aussagen nicht so recht zusammen«, meinte er, während Doyle den Bericht in den Hefter legte, in dem auch die anderen Berichte eingeheftet waren.
»Somit muß ich mir also noch einmal den Senator vorknöpfen. Sie bleiben hier; es reicht, wenn ich mich in die Nesseln setze.«
Kent grinste. Doyle zog seinen Mantel über und verließ das Büro. Auf dem Weg zum Fahrstuhl überlegte er sich, wie er dem Senator gegenübertreten sollte.
Er überquerte den Polizeiparkplatz zu seinem Dienstfahrzeug. Es hatte zu schneien begonnen, und so mußte er zunächst den Schnee von der Windschutzscheibe

seines Wagens freiräumen bevor er einstieg und los fuhr.
Doyle fuhr zu der Privatwohnung des Senators. Dort stellte er den Wagen auf den Parkstreifen, der vor dem Haus verlief, und stieg aus. Er überquerte den Weg zu der Haustür und klingelte. Nach kurzer Zeit öffnete die Frau des Senators.
»Guten Tag, Sergeant«, sagte sie freundlich. »Was kann ich für Sie tun?«
»Ich muß leider Ihren Mann noch einmal sprechen.«, erwiderte Doyle.
»Der ist im Moment nicht da. Kann ich ihm etwas ausrichten?«
»Nein. Wo kann ich ihn erreichen? Es ist wirklich sehr wichtig.«
»Nun, er ist im Wahlkampfhauptquartier. Das ist in der 163 Madison Road. Wissen Sie, wo das ist?«
»Ja, das werde ich schon finden, vielen Dank.«
Die Frau schloß wieder die Tür und Doyle kehrte zu seinem Wagen zurück. Er stieg ein und wendete den Wagen, denn er wollte über Nebenstraßen zur Madison Road fahren, weil die Hauptstraßen zur Zeit stark befahren waren.
Doyle fuhr mit seinem Wagen durch die verschneiten Nebenstraßen. Die Straßen waren seit dem Morgen nicht vom Schnee geräumt worden, und so fuhr er sehr vorsichtig.
Die Straße, auf der er fuhr, kreuzte mehrere Straßen, an denen Doyle Vorfahrt gewähren mußte. Um mit dem Wagen nicht ins Rutschen zu kommen, fuhr er besonders langsam und bremste stets frühzeitig ab.
Nachdem er eine längere Strecke zurückgelegt hatte, kam er an die Kreuzung, an der sich der tödliche Unfall des Radfahrers ereignet hatte.
Doyle hielt seinen Wagen hinter der Kreuzung in einer Parkbucht und stieg aus. Er blickte in die Richtung, aus der er gekommen war, und dann in die Richtung, in die er weiterfahren würde. Die Kreuzung lag nahezu in der

Mitte zwischen der Wohnung des Senators und dessen Wahlkampfhauptquartier.

»Das gibt es nicht«, murmelte er. »Das hätte mir wirklich schon eher auffallen sollen.«

Doyle stieg wieder in seinen Wagen. Die neueste Entdeckung hatte ihn keineswegs glücklicher gemacht, denn er wußte nun, daß er dem Senator die Amokfahrt nachweisen mußte - aber wie? Zumindest stand für ihn jetzt fest, daß der Senator gelogen hatte. Und ebenso fest stand, daß Lieutenant Towers nicht erfreut darüber sein würde, wenn er den Bericht über die Erkenntnisse des heutigen Tages in die Hände bekommen sollte.

Nach einiger Zeit hielt Doyle seinen Wagen vor dem Wahlkampfhauptquartier des Senators William D. Hunter. Er stieg langsam aus seinem Wagen aus und betrat das vierstöckige Gebäude, das der Partei des Senators gehörte. In diesem Haus hatte der Senator ein Büro. Die meisten Leute in diesem Haus waren zurzeit damit beschäftigt, den Wahlkampf für den Senator zu organisieren und durchzuführen. Auf den Fluren herrschte rege Betriebsamkeiten. Überall hingen die Wahlplakate des Senators an den Wänden.

Doyle brauchte eine Viertelstunde, bis er den Senator gefunden hatte. Der Senator ging mit ihm in sein Büro.

Es war ein besonders großes Zimmer, in dessen Mitte ein großer Schreibtisch stand. In den Regalschränken an den Wänden waren große Mengen von Ordnern untergebracht. An den freien Wandflächen hingen wie auf den Fluren Wahlplakate des laufenden und vergangener Wahlkämpfe.

Senator Hunter setzte sich in seinen schwarzen Ledersessel, der hinter dem Schreibtisch stand, während Doyle in dem Sessel vor dem Schreibtisch Platz nahm.

»Worum geht es?«, wollte der Senator wissen. »Haben Sie meinen Sohn gefunden?«

»Das haben wir, Senator.«, erwiderte Doyle.

»Ich gratulieren Ihnen. Ich brauche dazu meistens länger.«

»Die Kriminalpolizei in Washington hat Ihren Sohn gefunden und befragt. Sie hat auch weitere Ermittlungen angestellt. Ihr Sohn sagte aus, daß er in Ihrem Wagen nach Washington kam. Tatsächlich stellte die Kriminalpolizei fest, daß er am 28. Dezember 1968 im Hotel Richmond einzog. Der Wagen mit dem Kennzeichen 288 ZNI soll nach seinen Angaben am 27. Dezember gestohlen worden sein.«
»Der Wagen ist gestohlen worden?«, fragt der Senator aufgebracht. »Davon hat er mir nichts erzählt.«
»Ihr Sohn sagte weiter aus, daß er den Wagen nicht gestohlen gemeldet habe, weil er sich zunächst nicht traute, Ihnen den Diebstahl einzugestehen«, fuhr Doyle ungerührt fort. »Weiterführende Ermittlungen der Kriminalpolizei Washington ergaben, daß Ihr Sohn mit seinem Wagen unterwegs war, der angeblich in der Werkstatt stehen sollte.«
»Und was glauben Sie'?«
Doyle atmet tief durch.
»Nun, Senator... ich finde, daß die Geschichte Ihres Sohnes ziemlich unglaubwürdig ist. Sie widerspricht auch in wesentlichen Teilen den Aussagen, die Sie mir gegenüber gemacht haben. Insbesondere bezüglich des Fahrzeugs Ihres Sohnes, der Ihrer Aussage nach in der Werkstatt sei. Dabei ist Ihr Sohn offensichtlich mit seinem Wagen direkt nach Washington gefahren. Ähem... auf dem Weg hierher habe ich festgestellt, daß der Unfallort auf direktem Weg zwischen diesem Wahlkampfhauptquartier und Ihrer Wohnung liegt. Ich möchte Sie bitten mir zu sagen, wo Sie in der Neujahrsnacht waren.«
Der Senator betrachtete Doyle mit argwöhnischen Blicken.
»Sind Sie sich eigentlich bewußt, was Sie da gerade gesagt haben?«, fragte er dann.
»Ja. Ich habe Sie gebeten, mir zu sagen, wo Sie in der Neujahrsnacht waren. Und ich möchte Sie bitten, dies so genau wie möglich zu tun.«

»Sie meinen also, ich hätte den Radfahrer getötet?«
Doyle stieß einen leichten Seufzer aus.
»Ja, Sir, der begründete Verdacht besteht im Moment. Die Indizien sprechen dafür.«
»Sie beschuldigen mich also, diesen Unfallwagen gefahren zu haben.«
»Ich verdächtige Sie, den Unfallwagen gefahren zu haben. Das ist ein Unterschied.«
»Aber kein wesentlicher.«
»Ich führe Ermittlungen. Beschuldigt werden Sie allenfalls von der Staatsanwaltschaft.«
»Ist Ihnen bewußt, daß Sie in einen Wahlkampf eingreifen?«
»Der Wahlkampf spielt für mich überhaupt keine Rolle. Das habe ich Ihnen schon bei unserer ersten Begegnung gesagt.«
»Er spielt für mich eine Rolle. Sie haben mir Diskretion zugesagt.«
»Die ich bisher eingehalten habe.«
Senator Hunter sprang auf. Seine Erregung war nicht zu übersehen.
»Sergeant, ich habe den Wagen nicht gefahren. Leider weiß ich nicht, was mein Sohn da getan hat. Daß der Wagen gestohlen wurde, ist gleichfalls eine Neuigkeit für mich. Das müssen Sie mir glauben.«
Doyle hob seine Schultern.
»Es tut mir leid, ich muß darauf bestehen, daß Sie mir meine Frage bezüglich der Neujahrsnacht beantworten. Daß der Unfallort direkt auf dem Weg von hier zu ihrer Wohnung liegt, war mir bislang nicht bewußt, wiegt aber im Zusammenhang mit den anderen Indizien schwer.«
Senator Hunter ließ sich wieder in seinen Sessel sinken und atmete durch.
»In den letzten Tagen bin ich nie über Nebenstraßen gefahren. Das war mir zu riskant, weil dort nur einmal am Tag ein Schneeräumfahrzeug hindurch fährt. Ich bin über die Hauptstraße gefahren.«

Doyle holte seinen Notizblock hervor.
»Wann sind Sie am Abend des 31.12. von hier weggefahren?«
Senator Hunter überlegte kurz.
»Das war ziemlich spät. Wir haben hier ziemlich lange gearbeitet, wie das so in der heißen Phase des Wahlkampfes üblich ist. Ich schätze, daß das so gegen 3:00 Uhr war.«
»Sie haben bis in die Silvesternacht gearbeitet?«
»Ja, wir haben den Jahreswechsel gefeiert und noch ein wenig gearbeitet. Gegen 3:00 Uhr bin ich dann nach Hause gefahren.«
»Hat Sie jemand wegfahren sehen?«
»Einige meiner Wahlkampfhelfer bestimmt.«
»In Richtung der Hauptstraße.«
»Das müßte so sein.«
»Womit sind Sie gefahren?«
»Mit meinem Dienstwagen.«
Sergeant Doyle klappte sein Notizbuch wieder zu.
»Ich möchte Sie bitten, daß Sie noch heute in die Dienststelle 24 kommen; 357 Kensington Drive. Dort wird ein Protokoll aufgenommen. Zudem würden wir gerne bei Ihnen Fingerabdrücke abnehmen.«
Senator Hunters rechte Hand ballte sich zu Faust und entspannte sich wieder.
»Dem kann ich nicht zustimmen«, erwiderte er, mit seiner Selbstbeherrschung kämpfend. »Ich habe nicht vor, mich von Ihnen wie ein Verbrecher behandeln zu lassen.«
»Ihr Sohn hat sich bereits Fingerabdrücke abnehmen lassen. Was steht dem entgegen, daß Sie dies auch tun?«
»Ich habe mir nichts vorzuwerfen. Ich habe auch keinen Grund, meine Unschuld zu beweisen.«
»Da haben Sie recht. Jeder ist so lange unschuldig, bis das Gegenteil bewiesen ist. Es steht Ihnen aber auch frei, diesen Beitrag zur Aufklärung zu leisten.«
»Dazu bin ich nicht bereit. Ich habe viel zu tun und

kann meine Zeit nicht mit solchem Unsinn verbringen.«
»Darf ich Sie daran erinnern, daß Sie bei Ihrem ersten Gespräch gesagt haben, daß Sie mich unterstützen würden wo Sie nur können? Jetzt hätten Sie die Gelegenheit dazu.«
»Es tut mir leid, Sergeant, aber hier kann ich Ihnen nicht helfen.«
Doyle hob resigniert seine Schultern und stand aus dem Sessel auf.
»Das ist schade, Senator.«, sagte er und verließ das Büro.

11.

Doyle kam wieder in seinem Büro an, wo der Polizist Kent nach wie vor auf ihn wartete.
»Fahren Sie in das Wahlkampfhauptquartier der Partei des Senators«, sagte Doyle zu Kent. »Nehmen Sie sich einen Kollegen mit und befragen Sie die Wahlkampfhelfer des Senators, wann der Senator am 31.12. das Gebäude verlassen hat, und in welche Richtung er mit seinem Wagen gefahren ist, falls das jemand mitbekommen hat. Senator Hunter ist jetzt unser Hauptverdächtiger.«
Kent starrte Doyle leicht erschrocken an.
»Unser... Hauptverdächtiger? Wieso?«
»Der Unfallort liegt direkt auf dem Weg vom Wahlkampfhauptquartier des Senators und seiner Wohnung. Hinzu kommt dieses Märchen, das sein Sohn erzählt hat. Dies scheint alles in Panik entstanden zu sein. Machen Sie sich sofort auf den Weg. Nehmen Sie Parker mit.«
»Ja, Sir.«, erwiderte Kent und verließ das Büro. Doyle setzte sich hinter seinen Schreibtisch und notierte sich einige Dinge, die er in den Hefter zu diesem Fall legte. Sergeant Perry betrat das Büro. Er hielt ein rotes Blatt Papier in der rechten Hand.

»Brendan«, sagte er, worauf Doyle aufblickte. »Du sollst sofort in Lieutenant Towers Büro kommen. Sofort.«
»Was? Der ist heute schon aus dem Urlaub zurück?«
Perry nickte mit ernstem Gesicht. Doyle nahm den roten Zettel entgegen. Er wurde aufgefordert, sofort mit dem Aktenmaterial über seinen laufenden Fall zu Lieutenant Towers zu kommen.
»Alles Gute!«, sagte Sergeant Perry.
»Danke, habe ich jetzt nötig«, erwiderte Doyle und machte sich auf den Weg zu Lieutenant Towers. Er wußte, daß solche eiligen Befehle nichts Gutes verheißen konnten. Vermutlich hatte sich der Senator bereits mit seinem Freund Lieutenant Towers in Verbindung gesetzt.
Die Sekretärin von Lieutenant Towers wies Doyle an, zu warten. Nach zehn Minuten wurde er in das Büro von Lieutenant Towers gelassen.
Lieutenant Towers war ein vierundfünfzigjähriger Mann mit bereits vollständig ergrautem Haar. Er war mit einem dunklen Anzug bekleidet. Auf seinem recht großen Schreibtisch stand ein Schild mit der Aufschrift »Lt. Towers«. Doyle setzte sich in den Sessel, der vor dem Schreibtisch stand, und legte den Hefter mit dem Material über seinen laufenden Fall vor sich auf den Schreibtisch. Lieutenant Towers nahm den Hefter an sich und blätterte ihn durch. Dabei las er auch die neuen Notizen über den Fall.
»Ich habe mir bereits Durchschläge von Inspektor Coblence kommen lassen«, verkündete Lieutenant Towers hierauf. »Hier lese ich nun, daß Sie den Senator zum Hauptverdächtigen gemacht haben.«
»Das ist richtig.«, erwiderte Doyle, »Wie aus den Unterlagen hervorgeht, liegt der Unfallort auf dem direkten Weg zwischen dem Wahlkampfhauptquartier des Senators und dessen Wohnung. Hinzu kommt eine unglaubwürdige Geschichte, die uns von seinem Sohn in Washington aufgetischt wurde. Dies läßt mich vermuten, daß es eine Absprache zwischen dem Senator und

...«
»Sergeant Doyle«, unterbrach Lieutenant Towers. »Nun machen Sie mal eine Pause. Ich halte es für durchaus gerechtfertigt, daß Sie den Senator aufsuchen, wenn Sie einen Verdacht haben, der durch diesen fragwürdigen Zettel, den Sie gefunden haben, begründet war. Sie waren verpflichtet, den Senator aufzusuchen, sich davon zu überzeugen, daß er mit dem Unfall nichts zu tun hat, und ihn dann in Ruhe zu lassen.
Stattdessen verfolgen Sie bizarre Gedanken wie den Sohn in Washington ausfindig machen und ihm Fingerabdrücke abnehmen zu lassen. Sie befassen sich mit Hirngespinsten von einem Unfallort auf direktem Wege zwischen Büro und Wohnung des Senators und übersehen dabei einen entscheidenden Punkt: Der Radfahrer, der diese Notiz gemacht hat, müßte sich bereits an der Schwelle zur Bewußtlosigkeit befunden haben. Die Autonummer, die er notiert hat, ist zufällig die des Senators. Auf Grund dieses schwachen Indizes haben Sie keine Berechtigung, in den Wahlkampf einzugreifen. Ich kenne den Senator schon seit vielen Jahren und sage Ihnen: Hätte er den Unfallwagen gefahren hätte er Hilfe für den Radfahrer geholt.«
Doyle hob seine Schultern.
»Offensichtlich ist dies nicht geschehen.«
»Er hat den Wagen nicht gefahren, Sergeant. Er hat mich aufgebracht angerufen und mir erzählt, daß Sie Fingerabdrücke von ihm haben wollen. Was bilden Sie sich eigentlich ein?«
»Sir, die Fingerabdrücke könnten alles klären.«
»Es gibt nichts zu klären!«, brüllte Lieutenant Towers wütend. »Sie haben lediglich Ihre Unfähigkeit unter Beweis gestellt, in dieser Sache mit der angemessenen Sensibilität heranzugehen. Nur weil Ihnen die Partei nicht paßt, der der Senator angehört, können Sie diesen Zufall nicht nutzen, seinen Ruf zu ruinieren und damit in den Wahlkampf einzugreifen!«
Lieutenant Towers lehnte sich in seinen Sessel zurück

und entspannt sich wieder.
»Ich ziehe Sie von diesem Fall zurück«, erklärte er dann mit ruhiger Stimme. »Jemand anderes, den ich nach den Wahlen bestimmend werde, wird die Ermittlungen fortsetzen. Sie haben sich ab sofort mit diesem Fall nicht mehr zu befassen.«
»Sir, nach der Wahl wird das auch nicht besser werden. Die Indizien sind eindeutig. Es ist ja bekannt, daß Sie mit Senator Hunter befreundet sind. Darin liegt doch auch eine Chance. Ich bitte Sir, reden Sie mit Senator Hunter und sagen Sie ihm, daß er besser daran täte, die Sache jetzt aufzuklären.«
»Sie sind bis auf weiteres suspendiert«, stieß Lieutenant Towers mit gedämpftem Ärger zwischen den Zähnen hervor. »Geben Sie mir Ihren Dienstausweis.«
Doyle griff in seine innere Manteltasche und holte seinen Dienstausweis hervor, den er dem Lieutenant gab.
»Und jetzt verschwinden Sie.«
Doyle erhob sich aus dem Sessel und verließ Lieutenant Towers' Büro.
Er ging langsam den Flur entlang zu seinem Büro. In seinem Büro warteten noch Sergeant Perry und der Polizist Kent auf ihn. Doyle ließ sich in seinen Schreibtischsessel sinken.
»Und'?«, fragte Sergeant Perry.
»Ich bin suspendiert. Diese Runde geht eindeutig an den Senator.«
»Das war zu befürchten.«
»Verdammt nochmal«, rief Doyle aus. »Bei jedem kleinen Gauner hätte man sofort die Fingerabdrücke genommen. Hätte er sich nicht freiwillig zur Verfügung gestellt, hätte man ihn mit einem Gerichtsbeschluß gezwungen. Aber nicht der Senator. Der darf einfach Leute über den Haufen fahren und hinterher ungeschoren davonkommen.«
Sergeant Perry hob seine Schultern.
»Das hängt davon ab.«
»Wovon?«

»Ob du aufgibst.«
Doyle lachte kurz auf.
»Was soll ich tun? Der Fall ruht. Niemand kann einen Antrag beim Staatsanwalt stellen, weil ein solcher Antrag ohnehin in Lieutenant Towers Büro enden würde.«
»Wie du meinst. Wenn ich dir das aber noch sagen darf: Heute Abend findet in der Innenstadt eine Wahlkampfveranstaltung statt, auf der auch Senator Hunter sprechen wird. Vermutlich wird er auch viele nette Zettel mit vielen netten Fingerabdrücken verteilen.«
Sergeant Doyle blickte auf und grinste.
»Das ist nicht schlecht. Nur wird er mir keinen dieser Zettel geben.«
»Nun, ich könnte ja hingehen. Oder vielleicht auch Briggs. Dann wären die Zettel auch gleich in den richtigen Händen.«
»Das wäre eine Idee. Ich werde gleich mal zu Briggs heruntergehen und ihn fragen, ob er das mitmacht.«
Sergeant Perry grinste.
»Es sollte mich wundern, wenn er das nicht tut.«

12.

Rauschender Beifall begleitete die Schlußbemerkung des Senators. Die Zuschauer in der Aula der Waynes-School erhoben sich teilweise von ihren Plätzen und applaudierten Senator Hunter. Er selbst stand hinter dem Rednerpult und lächelte zufrieden. Dann stieg er von dem Podium herab und schüttelte Hände.
Doyle saß zusammen mit Sergeant Perry, Richard Briggs und Sergeant LaZoone in einer der hinteren Reihen. Sie mischten sich unter die Leute, die die Sitzreihen des Saales verließen und zu den Informationsständen gingen, die in der Nähe des Podiums aufgestellt waren. Auch der Senator befand sich inzwischen dort und verteilte Handzettel, auf denen er seine politischen Ziele für die nächste Wahlperiode vorstellte und auf

denen sein Konterfei war. Auf Wunsch gab Senator Hunter auch Autogramme.
Richard Briggs stellte sich zusammen mit Sergeant Perry an den Stand, an dem der Senator Zettel verteilte. LaZoone sah sich ein wenig an den anderen Ständen um.
Auch Doyle stellte sich an den Stand, an dem der Senator Zettel verteilte.
»Nanu?«, fragte der Senator, während er fortfuhr, Zettel an Leute zu verteilen, so auch an Sergeant Perry und Richard Briggs.
»Ich bin hier um Ihnen mitzuteilen, daß ich vom Dienst suspendiert wurde.«, erklärte Doyle.
»Das tut mir leid, daß es so gekommen ist«, erwiderte der Senator. »Ich werde mich nach meiner Wiederwahl für Sie einsetzen.«
»Verzeihen Sie«, sagte Richard Briggs zu Senator Hunter, »Könnten Sie mir bitte ein Autogramm geben?«
Senator Hunter sah Briggs kurz an, der ihm den Zettel und einen Stift entgegen hielt. Er nahm den Zettel und den Kugelschreiber und gab ein Autogramm auf den Zettel. Briggs steckte den Zettel und den Kugelschreiber ein und wechselte zu einem der anderen Stände.
»Sehen Sie, Senator, die Sache ist für mich noch nicht beendet«, erklärte Doyle. »Mein Vorgesetzter hat mir gesagt, daß er ein persönlicher Freund von Ihnen sei, und daß er auf diese Art auch persönlich engagiert ist.«
»Wissen Sie, ich habe mit ihm gesprochen und ihm gesagt, daß Ihr Verhalten mich befremdet hat. Ich habe aber keine Sekunde daran gedacht, daß er Sie suspendieren wird.«
Doyle hob seine Schultern.
»Damit hätten Sie rechnen müssen. Außerdem kann ich mir nicht vorstellen, daß es Ihnen sehr unangenehm ist.«
»Sie unterschätzen mich«, erwiderte Senator Hunter, während er fortfuhr, Zettel zu verteilen und Autogramme zu geben. »Solche Dinge sind mir nicht gleich-

gültig. Wir haben eine gute Polizei in Boston, und Affären wie diese sollten nicht die Regel werden. Nach den Wahlen werde ich mich selbstverständlich für Sie einsetzen. Ich glaube sicher, daß Lieutenant Towers die Suspendierung wieder rückgängig machen wird.«
»Das ist möglich.«
»Darf ich Ihnen denn auch ein Informationspaket anbieten?«, fragte Senator Hunter mit einem leichten Lächeln auf den Lippen.
»Das kann ich wohl noch annehmen.«
Der Senator stellte mehrere Zettel zusammen und gab sie Doyle.
»Übrigens möchte ich Ihnen noch sagen, daß die Art und Weise, wie die Polizei in Washington meinen Sohn mitgenommen hat, nicht gerade dezent war. So wie ich das mitbekommen habe, wurde er mit einem Streifenwagen abgeholt.«
»Das ist die Angelegenheit der Kriminalpolizei in Washington. Wir haben dort nur Amtshilfe gebeten.«
»Sie hätten um dezentere Amtshilfe bitten sollen, Sergeant.«
»Ich fürchte, darauf haben wir keinen Einfluß.«
Senator Hunter murmelte etwas Unverständliches. Doyle verabschiedete sich und verließ das Gebäude. Vor dem Gebäude warteten Sergeant LaZoone und Richard Briggs.
»Wo ist Sergeant Perry?«, wollte Briggs wissen.
»Noch drin, der sieht sich noch ein wenig um.«, erwiderte Doyle. Sergeant LaZoone gab Richard Briggs die Zettel, die er vom Senator erhalten hat.
»Mir hat er übrigens auch welche gegeben«, sagte Doyle und übergab Briggs die Zettel, der sie vorsichtig einsteckt. »Er scheint sich sehr sicher zu fühlen, weil er Lieutenant Towers hinter sich weiß.«
»Ich habe seine Fingerabdrücke auch an meinem Kugelschreiber«, erklärte Briggs. »So werden wir einwandfrei feststellen können, ob die Fingerabdrücke am Fahrrad vom Senator stammen.«

»Dann war der heutige Abend ja ein voller Erfolg.«, stellte Doyle mit einem leichten Lächeln fest. Sergeant Perry kam aus der Aula und übergab Briggs ein paar weitere Zettel.
»Meine Güte, ich konnte den ja noch nie leiden, aber der Mann ist ja so fürchterlich selbstgefällig...«, sagte Perry.
»Das wird sich in wenigen Tagen erledigt haben«, erwiderte Briggs. »Wenn die Fingerabdrücke hier mit denen auf dem Fahrrad übereinstimmen, ist die Karriere von Senator Hunter zu Ende.«
LaZoone verabschiedete sich von Doyle und Briggs und stieg in seinen Wagen, mit der er stadtauswärts davonfuhr.
Auch Doyle, Briggs und Perry machten sich auf den Weg zum Polizeigebäude. Im Polizeigebäude brachte Briggs das Material sofort in seine Abteilung, wo sie untersucht werden sollten. Doyle und Perry warteten in Briggs Büro.
»Wir werden etwa eine Stunde lang auf die Analyse warten müssen«, verkündet Briggs, als er in sein Büro zurückkehrte. »Zwar ginge das auch schneller, aber ich denke, in diesem Fall sollten wir auf Genauigkeit statt auf Eile setzen.«
»Ja, das finde ich auch«, erwiderte Doyle, »Wir warten in unserem Büro.«
»Ich werde Sie benachrichtigen, sobald die Ergebnisse vorliegen.«
Doyle und Perry verließen das Büro und fuhren mit dem Fahrstuhl in das Stockwerk, in dem ihr Büro lag. Sie gingen dort den Flur entlang zum Büro und betraten es.
In dem Sessel, der hinter Doyles Schreibtisch stand, saß Sergeant Grant, der ihn vertrat.
»Hallo Brendan«, sagte Sergeant Grant. »Was machst du denn hier?«
»Ich verbringe meinen Urlaub«, erwidert Doyle. Grant grinste.

»Da kann ich mir angenehmere Orte vorstellen.«
Doyle hob seine Schultern und setzt sich in den Sessel, der hinter seinem Schreibtisch stand. Perry setzte sich in einen der Besuchersessel.
»Wir warten auf Ergebnisse aus der Spurensicherung«, sagte er.
»Interessant«, erwiderte Grant. »Was laßt ihr denn untersuchen?«
»Ein paar Fingerabdrücke von Senator Hunter«, antwortete Doyle. Grant starrte zunächst Doyle, dann Perry an.
»Seid Ihr wahnsinnig?«
Perry grinste.
»Nicht, wenn wir recht behalten.«
»Was meint ihr wohl, wie ihr euer Wissen umsetzen könnt? Wenn ihr beim Staatsanwalt eine Verfügung oder eine Vorladung beantragt, dann geht das doch über Towers' Schreibtisch, zumindest auf dem Rückweg.«
»Da müssen wir uns eben etwas anderes einfallen lassen.«
Grant schüttelte verständnislos seinen Kopf.
»Ihr könnt wohl wirklich nicht ohne Ärger leben.«
»Sagen wir doch einmal so«, meinte Perry. »Ich fände den Gedanken unerträglich, daß ein Mann in den Kongreß gewählt wird, der einen anderen Mann kaltblütig erfrieren ließ.«
»Vielleicht solltet ihr warten, bis die Wahlen vorbei sind. Dann könnt ihr ungestörter ermitteln.«
»Das glaubst du doch wohl selbst nicht. Wenn Hunter erst mal wiedergewählt ist, hat er noch bessere Möglichkeiten, die Ermittlungen zu behindern. Mir ist ohnehin ein Rätsel, wieso Towers die eindeutigen Beweise für Hunters Schuld nicht sehen wollte.«
»Du weißt doch, wie Towers ist«, warf Perry ein. »Wenn der sich erst einmal verrannt hat, findet er alleine nicht mehr aus der Sackgasse raus.«
»Aber an Towers müßt ihr trotzdem vorbei«, meinte

Grant. »Und Commissioner Rogers kommt erst nächsten Montag zurück.«
Doyle winkte ab.
»Vielleicht können wir ja eine Pressemitteilung nach draußen schmuggeln, die den Senator unter Druck setzt«, meinte er dann, »Die ihn praktisch dazu zwingt, sein Amt niederzulegen.«
»Dann werdet Ihr in einem so hohen Bogen hier herausfliegen, daß ihr erst wieder in Europa Boden unter den Füßen bekommt«, erwiderte Grant.
»Das werden wir dann sehen.«
»Das werdet ihr dann auch sehen!«, entgegnete Grant aufgebracht. »Ich kann einfach nicht verstehen, wieso ihr nicht auf Commissioner Rogers warten wollt. Ihr habt doch gegen Lieutenant Towers keine Chance, wenn der Commissioner nicht hier ist. Rogers wird die Suspendierung bestimmt sofort rückgängig machen und Lieutenant Towers zur Ordnung rufen. Außerdem habt ihr gegen den Senator bessere Chancen, wenn ihr den Commissioner hinter euch habt. Rogers läßt sich von politischem Druck bestimmt nicht beeinflussen, das hat er auch schon in der Vergangenheit nie getan.«
»Wir können nicht auf Rogers warten.«, erwiderte Doyle eindringlich. »Wenn wir das tun, sinken unsere Chancen, den Senator festzunageln, auf null. Wenn er erst mal wiedergewählt ist, ist er viel schwerer angreifbar. Außerdem hat er dann noch mehr Zeit, die Spuren an seinem Wagen zu verwischen.«
Grant hob seine Schultern.
»Wie ihr wollt.«

13.

Richard Briggs betrat das Büro von Doyle und Perry. Er hielt einen Hefter in seiner rechten Hand.
»Die Ergebnisse liegen vor«, verkündete er. Doyle und Perry sprangen von ihren Sesseln auf.
»Wie lautet das Ergebnis?«
»Es kann überhaupt kein Zweifel bestehen. Der Mann, der seine Fingerabdrücke am Fahrrad hinterlassen hat, heißt William D. Hunter.«
»Na fein!«, murmelte Grant. »Dann macht euch mal auf etwas gefaßt.«
»Wir werden zu Inspektor Coblence gehen«, entschied Doyle nach kurzer Überlegung.
»Ja, das könnte unsere letzte Rettung sein«, meinte Perry und sah auf seine Uhr. Es war bereits nach 22:00 Uhr. »Ob er noch da ist?«
»Eben brannte noch Licht in seinem Büro«, meinte Grant. »Wenn Ihr Glück habt...«
Doyle und Perry verließen zusammen mit Richard Briggs das Büro und liefen den Flur entlang zum Büro des ersten Inspektors der Kriminalpolizei. Coblences Sekretärin war nicht mehr im Vorzimmer, aber der Inspektor saß noch in einem Büro hinter seinem Schreibtisch.
»Sie haben die erste Runde bereits verloren, wie ich gehört habe«, sagte Inspektor Coblence zu Doyle, als die drei das Büro betraten.
»Ja, das schon. Aber die zweite Runde dürfte an uns gehen. Wir haben die Fingerabdrücke von Senator Hunter mit denen des Unfallfahrers verglichen.«
»Darf ich erfahren, wie Sie an die Fingerabdrücke des Senators gekommen sind oder wird mich dann der Schlag treffen?«
»Wir waren auf seiner Wahlveranstaltung heute Abend«, erwiderte Perry. »Dort haben wir uns von dem Senator Wahlwerbezettel geben lassen. Diese hat Mr.

Briggs im Labor untersuchen lassen.«
Inspektor Coblence schloß seine Augen.
»Davon will ich nichts hören. Hat er Ihnen die Unterlagen einfach so gegeben?«
»Ja«, erwiderte Doyle. »Er fühlt sich offenbar sehr sicher. Irgendwas müssen wir jetzt unternehmen. Wenn Senator Hunter die Wahl erst mal gewonnen hat, wird es schwierig.«
»Ihnen ist natürlich klar, daß ein Vorgehen gegen Hunter noch während des Wahlkampfes als politische Schmutzkampagne gewertet werden können«, wandte Coblence ein. »Die Wahlen sind in einer Woche, die können sie allenfalls aufhalten, wenn Hunter überführt wird.«
»Ich denke, mit den Fingerabdrücken ist er überführt.«, entgegnete Perry.
»Officer Kent hat mit einem Kollegen die Wahlkampfhelfer befragt, die mit dem Senator die Silvesternacht verbracht haben. Nicht einer von ihnen hat gesehen, daß er mit seinem Wagen zur Hauptstraße gefahren ist, wie er behauptet hat«, fügte Doyle hinzu.
»Heute nachmittag gegen 16:30 Uhr landete ein Zettel in meinem Verteiler, daß der Fall ruht. Es soll beantragt werden, daß die Ermittlungen von der Verkehrspolizei geführt werden.«
»Das ist doch ein Trick!«, rief Doyle aufgebracht. »Lieutenant Towers weiß, daß er damit niemals durchkommt.«
»Das weiß er, aber bis der Antrag abgelehnt ist, werden zumindest vier Wochen vergehen, in denen der Fall ruht.«
»Dann müssen wir jetzt erst recht handeln.«
»Die Fingerabdrücke lassen keinen Zweifel zu.«, erklärte Briggs und legte einen grauen Hefter auf den Schreibtisch des Inspektors. »Sie sind eindeutig vom Senator.«
Inspektor Coblence blätterte den Hefter durch.
»Sehr gute Arbeit«, stellte er fest und legte den Hefter

wieder auf den Schreibtisch. »Das ist ja wirklich sehr eindeutig.«

»Wir sind legal an die Fingerabdrücke gekommen«, sagte Doyle. »Ich war ganz offen auf der Wahlversammlung und selbst mir hat er Material gegeben. Dabei hätte ihm klar sein können, daß ich somit auch seine Fingerabdrücke habe.«

»Er wird daran nicht gedacht haben«, meinte Inspektor Coblence. »Das ändert nichts daran, daß Sie recht haben. Hunter wird Ihnen nicht vorwerfen können, sich seine Fingerabdrücke erschlichen zu haben. Nur so lange noch Lieutenant Towers seine schützende Hand über Hunter hält, wird es schwierig werden, einen Haftbefehl zu erwirken. Er ist immerhin auch gut mit dem Staatsanwalt befreundet.«

Perry seufzte.

»Ist der Staatsanwalt etwa auch ein Freund von Hunter?«

»Das weiß ich nicht.«

Inspektor Coblence stützte seinen Kopf in seine Hände und schloß seine Augen. Es herrschte Stille in dem Büro.

Nach einiger Zeit blickte der Inspektor wieder auf.

»Wir können den Senator nicht davonkommen lassen«, stellte er dann fest. »Sie haben recht. Wenn wir bis nach den Wahlen warten, müssen wir damit rechnen, daß die Ermittlungen abgewürgt werden. Das dürfen wir auf keinen Fall zulassen. Aber was können wir tun?«

Doyle überlegte kurz.

»Wir könnten mit einer Pressemitteilung streuen, daß Ermittlungen gegen den Senator aufgenommen worden seien, weil er im Verdacht steht, für den Tod des Radfahrers verantwortlich zu sein.«

Coblence schüttelte seinen Kopf.

»Nein, das ist keine gute Idee. Lieutenant Towers sieht die Pressemitteilungen durch, bevor sie aus dem Haus gehen. Und er ist noch immer in seinem Büro.«

»Und wenn LaZoone die Mitteilung rausgibt?«, fragte Perry.
»Wer ist LaZoone?«, wollte Coblence wissen.
»Sergeant LaZoone gehört zur Verkehrspolizei«, antwortete Doyle. »Ich habe ihn gebeten, mit an diesem Fall zu arbeiten. Er war auch bei der Veranstaltung dabei und weiß Bescheid.«
»Ja, okay. Setzen Sie sich mit Sergeant LaZoone in Verbindung. Es ist besser, wenn die Mitteilung aus seiner Abteilung kommt. Dann wird sie wenigstens nicht von Lieutenant Towers aufgehalten.«
Briggs warf einen Blick auf seine Armbanduhr.
»Sie müssen sich beeilen«, stellte er dann fest, »Einige Zeitungen haben in Kürze Redaktionsschluß für die morgige Ausgabe.«
»Dann wünsche ich uns allen viel Glück.«, sagte Inspektor Coblence. Doyle, Perry und Richard Briggs verließen eilig das Büro des Inspektors.
»Ich werde Sergeant LaZoone bitten, daß er eine Mitteilung über den Pressetext an unsere Pressestelle schickt«, sagte Doyle. »Es sieht besser aus, wenn unsere Leute auch davon Kenntnis genommen haben.«
»Dann kriegt Towers die Mitteilung aber auch auf seinen Schreibtisch«, warf Perry ein.
»Das Risiko müssen wir eingehen.«
Richard Briggs ging den Flur entlang zum Fahrstuhl, während Doyle und Perry in ihr Büro gingen. Von dort aus telephonierte Doyle mit seinem Kollegen LaZoone und besprach mit ihm die Pressemitteilung. Anschließend stellte er sicher, daß der Ordner mit den Unterlagen bereits an LaZoone abgeschickt wurde, was der Fall war. Perry erweiterte die Akte um die Fingerabdrücke, während sich Doyle eilig auf den Weg zum Gebäude der Verkehrspolizei machte.
Sergeant LaZoone hatte die Mitteilung bereits an die Pressestelle weitergegeben, als Doyle ihn in einem Mannschaftsraum aufsuchte. LaZoone zeigte Doyle den Text.

»Ich habe nur den Unfallort und die Unfallzeit angegeben.«, erklärte LaZoone. »Es wird den Zeitungen sicherlich merkwürdig vorkommen, daß sie erst jetzt informiert werden. Damit die ganze Sache nicht so auffällig wird, habe ich einen Sekretär aus dem Pressebüro beauftragt, Gerüchte über Ermittlungen gegen den Senator in die Welt zu setzen. Außerdem habe ich die Pressestelle angewiesen, diesen Bericht nicht zu bestätigen und nicht zu dementieren. Dann klingt das morgen in der Zeitung etwa so: »Nach einem unbestätigten Bericht wird im Zusammenhang mit diesem Unfall auch gegen Senator Hunter ermittelt.« Es sollte mich wundern, wenn das keine Wirkung zeigt. Der Bericht ist dann so ausgelegt, daß auch bei Ihrer Pressestelle eine Anfrage kommen wird.«
»Ich wollte Sie ohnehin bitten, eine Kopie der Pressemitteilung an unsere Pressestelle zu schicken. Dann wird zwar Lieutenant Towers die Pressemitteilung auch zu lesen bekommen, aber das ist wohl nicht vermeidbar.«
»Er wird nichts mehr dagegen unternehmen können.«
»Er versucht bereits, den Fall zu verschleppen.«
LaZoone grinste.
»Das wird ihm nach dieser Pressemitteilung nicht gelingen.«
»Das ist der Zweck der Übung. Vermutlich wird auch sein Kopf rollen, wenn herauskommt, daß er versucht hat, seinen Freund zu decken.«
»Sind Sie darüber betrübt?«
Doyle hob seine Schultern.
»Ich weiß nicht. Schließlich ist es seine eigene Schuld. Die Beweise waren auch schon vor unserer Aktion mit den Fingerabdrücken ziemlich eindeutig. Es hätte mich sehr gewundert, wenn der Staatsanwalt die Vorladung des Senators und die Aufhebung seiner Immunität nicht beantragt hätte.«
»Die Aufhebung der Immunität wird auch noch ein Glücksspiel.«

»Der Kongreß hat sich Ermittlungen bislang eigentlich nie in den Weg gestellt. Es kommt nur selten vor, daß eine Immunität auf Antrag nicht aufgehoben wird, jedenfalls, wenn der Antrag begründet ist.«
»Da haben Sie sicherlich recht, wenn dies auch eine etwas fragwürdige Methode ist. Schließlich ist jeder so lange unschuldig bis seine Schuld bewiesen ist.«
»Nun ... ich denke, daß dieser Beweis bereits erbracht ist.«

14.

Am nächsten Morgen las Doyle die Andeutungen über die Verwicklungen des Senators in den Unfall in verschiedenen Zeitungen, die er sich an einem Zeitungskiosk besorgte. Ihm war klar, daß dies Ärger nach sich ziehen würde und daß eine kritische Zeit bevorstand, in der er und Perry unter den Druck Lieutenant Towers geraten würden.
In einer Zeitung, die einen besonders späten Redaktionsschluß hatte, war auch bereits eine Pressekonferenz des Senators angekündigt worden, die er im Laufe des Vormittags geben und in der er sich zu den Vorwürfen äußern wollte. Doyle beschloß, zunächst zu Hause zu bleiben, denn er konnte sich vorstellen, was in der Dienststelle 24 los sein würde.
Bereits um 9:40 Uhr klingelte in Doyles Wohnung das Telephon. Das Personalbüro wies ihn an, sofort in sein Büro zu kommen.
Doyle verließ seine Wohnung, die in der Nähe der Küste lag, und stieg in seinen Wagen.
Es begann zu schneien. Schneeflocken fielen leise und sanft auf die verschneiten Straßen, während er mit seinem Wagen zum Polizeigebäude fuhr.
In seinem Büro saßen Perry und Grant. Brendan Doyle setzte sich in einen der Besuchersessel.
»Es wird großen Ärger geben«, sagte Grant, »Lieutenant

Towers hat eine Pressekonferenz angekündigt, in der er die Berichte dementieren will.«
»Das ist sein Ende«, murmelte Doyle. »Gegen die Beweise, die gegen Senator Hunter vorliegen, kommt er nicht an.«
»Vorläufig seid ihr dran«, stellte Grant fest. »Wieso mußtet ihr auch unbedingt sofort handeln? Hättet ihr doch bloß auf den Commissioner gewartet! Montag kommt er aus dem Urlaub zurück, das wäre immer noch vor der Wahl gewesen.«
Perry warf einen Blick auf seine Armbanduhr.
»Um 11:00 Uhr ist die Pressekonferenz des Senators«, sagt er. »Direkt im Anschluß folgt die Pressekonferenz von Towers und Inspektor Coblence.«
»Coblence ist mit von der Partie?«, fragte Doyle.
»Ja. Davor wird er sich nicht drücken können.«
»Habt ihr etwas anderes erwartet?«, erwiderte Grant. »Ihr könnt doch nicht erwarten, daß Inspektor Coblence seinen Kopf für euch hinhält.«
Lieutenant Towers betrat das Büro. Er betrachtete Perry und Doyle mit vernichtenden Blicken.
»Hinter dieser Schweinerei stecken doch wieder Sie, Doyle!«, rief er aus. »Ich mache Sie fertig! Sie werden morgen erklären, daß Sie die Verantwortung auf sich nehmen. Dann wird mitgeteilt, daß Sie aus dem Polizeidienst entlassen werden. Ob eine Verleumdungsklage gegen Sie erhoben wird, müssen wir dann abwarten.«
»Lieutenant Towers.«, sagte Doyle. »Sagen Sie die Pressekonferenz ab und hören Sie mir bitte zu!«
»Halten Sie den Mund!«, brüllte Towers. »Sie haben schon genug Unheil angerichtet. Sergeant LaZoone von der Verkehrspolizei wird vermutlich auch seinen Hut nehmen müssen.«
»Lieutenant, ich habe das nicht ohne Grund gemacht. Ich bitte Sie! Machen Sie es nicht noch schlimmer!«
»Das glaube ich Ihnen. Ihr Grund war, daß Sie aus politischen Überzeugungen heraus den Senator absägen wollten. Das war Ihr Motiv.«

Perry winkte unauffällig ab.

»Ich werde heute vor der Presse erklären, daß die Gerüchte keinen Bestand vor der Realität haben«, fuhr Lieutenant Towers ärgerlich fort. »Inspektor Coblence wird diese Erklärung unterstützen. Des Weiteren werde ich zusagen, den Schuldigen für diesen Skandal zu finden. Das werden Sie sein. Es wichtig, daß wir Sie vor der Wahl bloßstellen. Machen Sie sich auf etwas gefaßt.«

Lieutenant Towers verließ das Büro wieder. Doyle schloß seine Augen.

»Laß ihn gehen«, sagte Perry ruhig. »Er will es nicht anders.«

»Wie kann man nur so ein dickes Brett vor dem Kopf haben?«, murmelte Doyle.

»Laßt uns in den Mannschaftsraum gehen, dort steht ein Fernseher«, schlug Grant vor.

Die drei erhoben sich aus ihren Sesseln und gingen den Flur entlang zum Mannschaftsraum, in dem sich bereits viele Polizisten und Angestellte versammelt hatten, die sich ebenfalls die Pressekonferenz ansehen wollten.

Ein Raunen ging durch den Raum, als Doyle ihn betrat. Ihm war klar, daß sich seine Suspendierung bereits herumgesprochen hatte, ebenso der Grund dafür.

Es gab nur noch Stehplätze im Mannschaftsraum. Der Fernseher stand erhöht auf einem Regal, das an der Wand anmontiert war. Die Pressekonferenz begann in einer Viertelstunde.

»Laß es uns von der guten Seite sehen«, meinte Perry nach einigen Minuten stillen Wartens. »Zumindest haben wir es versucht. Ich werde versuchen, den Fall nicht ruhen zu lassen.«

Doyle hob seine Schultern.

»Wer weiß, ob das überhaupt noch möglich ist. Vielleicht haben wir mit unserer Pressemitteilung dem Senator einen großen Gefallen getan, anstatt ihn zu überführen. Er wird als zu Unrecht beschuldigter dastehen und Lieutenant Towers wird mich als Wahlgeschenk präsentieren.«

»Ich hasse das zwar, aber ich habe euch gewarnt«, betonte Grant. »Ihr hättet auf den Commissioner warten sollen. Aber nein, ihr wußtet es ja wieder einmal besser.«
Doyle winkte ab.
»Du hast ja recht.«
»Ach was«, meinte Perry. »Die Beweise sind eindeutig. Früher oder später wird sich auch Towers der Erkenntnis nicht verschließen können, daß die Fingerabdrücke auf dem Fahrrad von seinem Freund Hunter sind.«
Die Pressekonferenz begann. Hinter einer großen Anzahl von Mikrophonen saß Senator Hunter an einem Tisch, in einen dezenten grauen Anzug gekleidet. In seinen Händen hielt er einige Zettel.
Auf der rechten Seite neben dem Senator saß Lieutenant Towers, auf der linken Seite Inspektor Coblence.
»Meine Damen und Herren«, begann Senator Hunter feierlich. »Es hat Gerüchte in der Presse gegeben, denen ich sofort entschlossen entgegentreten möchte. Im Zusammenhang mit Ausführungen über einen Unfall, der sich gegen Ende des abgelaufenen Jahres ereignet hat, und bei dem ein Radfahrer getötet wurde, wurde ich als Fahrer des Unfallwagens verdächtigt.
Ich bedaure es, daß bei diesem Unfall ein Mann getötet wurde, weise aber jede Verdächtigung zurück. Ich habe mit diesem Unfall nichts zu tun. Es ist mir ein Rätsel, wie jemand dazu kommen kann, so etwas zu behaupten. Wer einen Unfall verursacht, muß diesen sofort der Polizei melden, und auf keinen Fall darf er sich einfach davonmachen und einen Schwerverletzten sich selbst und somit dem Tode überlassen. Ich empfinde Abscheu für eine solche Tat.
Gleichzeitig möchte ich aber noch einmal bezüglich dieser Verdächtigungen sagen, daß ich der Öffentlichkeit bei meiner Ehre versichere, daß die in diesem Zusammenhang geäußerten Beschuldigungen jeder Grundlage entbehren.
Es stimmt mich traurig, daß dieser tragische Tod eines

unserer Mitbürger nunmehr als Wahlkampfmunition gegen mich verwendet werden soll. Auch möchte ich sagen, daß ich hoffe, daß der tatsächliche Verursacher dieses Unfalls so schnell wie möglich gefunden und mit aller Härte des Gesetzes bestraft wird.
Auch hoffe ich darauf, daß die Drahtzieher dieser Schmutzkampagne bald bloßgestellt werden. Gegen den Betreffenden werde ich mir rechtliche Schritte vorbehalten.«
Blitzlichter leuchteten auf und der Senator legte die Zettel, die er bei seiner Erklärung in den Händen gehalten hatte, vor sich nieder. Hierauf nahm Lieutenant Towers einige Zettel in seine Hände.
»Für die Mordkommission von Boston gebe ich folgende Erklärung ab: Es ist ein unglaublicher Vorgang, daß eine solche rufschädigende Verdachtskampagne offensichtlich von meiner Abteilung ausgegangen ist. Es liegen keine Verdachtsmomente gegen Senator Hunter vor. Alle Gerüchte, die in diese Richtung gehen, lassen sich nicht untermauern. Ich werde persönlich dafür sorgen, daß der Mann, der dieses Gerücht in die Welt gesetzt hat, ausfindig gemacht und zur Rechenschaft gezogen wird. In einem Rechtsstaat wie dem unseren dürfen solche Vorgänge nicht ohne Konsequenzen bleiben. Gleichzeitig wird meine Abteilung alle Kräfte daran setzen, den wirklichen Verursacher des Unfalls ausfindig zu machen. Dieser Fall wird sofort dem Ersten Inspektor der Kriminalpolizei, Inspektor Coblence, übertragen.
Noch einmal möchte ich betonen, daß zu keinem Zeitpunkt ein begründeter Verdacht gegen Senator Hunter vorlag. Inspektor Coblence, bitte.«
Die Kamera schwenkte am Senator vorbei zu Inspektor Coblence, der seinerseits einige Zettel in seine Hände nahm. Doyle starrte angespannt auf das Gesicht des ersten Inspektors der Kriminalpolizei, der nachdenklich auf die Zettel blickte, die er in seinen Händen hielt.
»Denken Sie an den Hefter!«, murmelte er beschwö-

rend. »Denken Sie an den Hefter, Sir, an die Fingerabdrücke!«

Die Mikrophone übertrugen, wie es bei den Journalisten, die auf Inspektor Coblences Erklärung warteten, unruhig wurde. Inspektor Coblence legte die Zettel vor sich auf den Tisch. Er nahm einen Hefter zur Hand, den Doyle als die Akte erkannte, an der Perry noch am Abend zuvor gearbeitet hatte, und blätterte darin. Dann sah er direkt in die Kamera, als er mit seiner Erklärung begann.

»Ganz so eindeutig ist es leider nicht. Es ist in der Tat so, daß die Spurensicherung am Fundort des verunglückten Radfahrers einen Zettel gefunden hat, auf dem die Autonummer des Senators notiert war. Unsere Schriftexperten sagen, daß die Autonummer ohne jeden Zweifel vom Unfallopfer notiert wurde. Die Gerichtsmediziner haben festgestellt, daß das Unfallopfer wahrscheinlich noch bei Bewußtsein war. Offensichtlich hat der Täter das Opfer unter die Achselhöhlen gegriffen und vom Unfallort zum Fundort geschleift. Dabei war es möglich, daß das Opfer das Nummernschild erkennen und später notieren konnte.

Des Weiteren spricht für einen solchen Verdacht, daß der Unfallort auf dem direkten Wege vom Wahlkampfhauptquartier zur Wohnung des Senators liegt. Tatsache ist auch, daß Senator Hunter bislang noch keinen schlüssigen Nachweis über den Verbleib des Wagens mit dem auf dem Zettel notierten Kennzeichen gemacht hat. Stattdessen hat er sich auf seinen Sohn ausgeredet, der das Fahrzeug mit in den Urlaub genommen haben soll. Auch dies ist nach gegenwärtigem Stand der Dinge glaubhaft durch Zeugenaussagen widerlegt worden.

Der Unfallfahrer hat Fingerabdrücke auf dem Fahrrad hinterlassen, als er dieses beseitigte. Ich kann den Senator nur bitten, seine Fingerabdrücke für einen endgültigen Befund zur Verfügung zu stellen und somit jeden Verdacht entweder auszuräumen... oder eben zu bestätigen.«

Es herrschte betretenes Schweigen. Die Kamera fuhr zurück und zeigte wieder den Senator, Lieutenant Towers und Inspektor Coblence. Lieutenant Towers saß dem Inspektor zugewandt und sah diesen mit vernichtenden Blicken an. Der Senator hatte seinen Kopf in seine Hände gestützt, so daß diese sein Gesicht verbargen und nur seine leicht gewellten dunklen Haare für die Zuschauer vor den Fernsehschirmen zu sehen waren.

»Es... es war ein Unfall!«, murmelte er, so daß es über die Mikrophone gerade noch zu hören war. Vor dem Fernseher im Mannschaftsraum war Sergeant Doyle seine Erleichterung anzusehen und auch Sergeant Perry atmete deutlich hörbar auf.

»Es war... ein Unfall«, wiederholte der Senator. »Ich war in Panik. Ich... ich wollte niemanden verletzten und schon gar nicht töten. Es... es war ein Unfall.«

Ein Raunen ging durch den Raum.

»Es war ein Unfall bis zu dem Moment, in dem Sie den Radfahrer ins Gebüsch geschleift haben.«, erwiderte Inspektor Coblence ruhig.

Towers erhob sich mit einem vor Wut roten Gesicht und verkniff sich offensichtlich, vor laufenden Kameras Coblence seine Meinung zu sagen. Stattdessen wandte er sich mit einer überraschend ruckartigen Bewegung der Tür des Presseraumes zu und verließ mit ausholenden Schritten den Saal. Unruhe machte sich bei den Journalisten breit und plötzlich überstürzten sich ihre Fragen, während Senator Hunter sein Gesicht weiterhin in seine Hände gestützt hatte und unverständliche Dinge vor sich hinmurmelte. Inspektor Coblence winkte kurz ab.

»Nein, meine Damen und Herren. Bitte keine Fragen mehr. Die Pressekonferenz ist beendet.«

Die Folgen:

Senator William D. Hunter wurde aufgrund der Indizien und eines umfassenden Geständnisses wegen fahrlässiger Tötung zu acht Jahren Gefängnis verurteilt. Der Richter vertrat die Auffassung, daß das Wegschleifen und Sterbenlassen des Radfahrers so schwer wog, daß Hunter die Strafe in voller Länge antreten mußte.

Eine Anklage gegen den Sohn des Senators wegen Begünstigung und Behinderung der Justiz wurde fallengelassen, was in Teilen der örtlichen Medien durchaus auf Kritik stieß.

Lieutenant Towers bat noch am Abend des Tages, an dem die Pressekonferenz stattfand, um seine Beurlaubung. Nach einem Disziplinarverfahren wurde er suspendiert und nach Los Angeles versetzt.

Sergeant Brendan Doyles Suspendierung durch Towers wurde durch Lieutenant Robert Marcovic vorläufig und durch Commissioner Amos Rogers endgültig aufgehoben.

Personen

Brendan Doyle	Polizei-Sergeant
Frank Perry	Polizei-Sergeant
Antony Towers	Polizei-Lieutenant
Frank Coblence	Polizei-Inspektor
William Hunter	Senator
Richard Briggs	Spurensicherung
Peter LaZoone	Polizei-Sergeant
Poul Grant	Polizei-Sergeant
Rebecca Hunter	W. Hunters Frau
Jerry Kent	Polizist
Martin Taylor	Gerichtsmediziner
Poul Heaton	Polizei-Sergeant
John Warren	Polizei-Sergeant
Peter Egan	Sachverständiger
Janet Simpson	Gerichtsmedizinerin
Gary Church	Zulassungsstelle
Jerry Browne	Verpacker
Sandra Browne	J. Brownes Schwester
Amos Rogers	Polizei-Commissioner
Robert Stanfort	Polizei-Sergeant Vermißtenstelle
Norman Dayson	Postangestellter
Tommy	Brendan Doyles Katze